LA NOCHE DE LOS PEONES

La noche de los peones

Esteban Navarro

GRUPO ZETA

Barcelona • Madrid • Bogotá • Buenos Aires • Caracas • México D.F. • Miami • Montevideo • Santiago de Chile

1.ª edición: octubre, 2013

Consell de Cent, 425-427 - 08009 Barcelona (España)
www.edicionesb.com

Printed in Spain
ISBN: 978-84-666-5374-9
Depósito legal: B. 21.285-2013

Impreso por Relligats Industrials del Llibre, S.L.
Av. Barcelona, 260
08750 Molins de Rei

A mi esposa Ester y a mi hijo Raúl, mi hogar.
Y a mis padres, Brígida y Nicolás,
y a mi hermano Salvador;
que se fueron a donde no se vuelve.

En definitiva, somos peones
de un tablero de ajedrez.
No nos podemos detener, nuestro destino
es seguir hacia delante.

1

El fax escupió, con una lentitud irritante, un único folio. La máquina, cachazuda, chasqueó estentórea varios sonidos estridentes que mortificaron el oído de Andrés Hernández. No soportaba, el veterano policía, el restallido interminable de los engranajes del único aparato de fax que había en toda la comisaría provincial de Huesca. Pero la anticuada máquina resistía, inamovible e impávida, la embestida de la modernidad.

—Ha llegado un fax —dijo con una voz azucarada, y ligeramente afónica, la joven policía de prácticas.

Andrés dejó, sobre el mostrador de la Sala del 091, el café que sostenía en su mano izquierda y se frotó los dedos de la mano derecha, notando a faltar un cigarrillo entre ellos.

—Este aparato es antediluviano —dijo el agente, con voz grave y elevando el tono de voz ligeramente.

La noche había desentonado su dicción.

Diana Dávila, la joven policía de prácticas, sonrió. Era una chica muy agradable, tanto en el trato como en la apariencia. Apenas debía de contar veinte años y sus ojos conservaban la frescura y el brillo de la juventud. Una marca en la nariz, que parecía un lunar, indicaba que la chica llevaba un *piercing*, y que seguramente se lo hizo antes de entrar en la Policía.

—En la época que estamos —siguió hablando Andrés Hernández— y aún no han mandado el fax a tomar por culo. Con lo sencillo y práctico que sería enviar los documentos por correo electrónico, como hacen las empresas importantes.

La joven agente sonrió de nuevo. Andrés pensó que había causado en ella el efecto que buscaba con sus palabras malsonantes: la de hacer que sonriera y caerle bien.

—Debe de ser por el soporte documental —dijo ella, a falta de una explicación mejor y tratando de que Andrés se apaciguara.

—Soporte documental, soporte documental... —repitió Andrés, sarcástico—. Los ordenadores son el único soporte documental que debería existir hoy en día —afirmó, ante la mirada impasible de la policía de prácticas que no parecía inmutarse por nada—. El fax, al igual que el télex, o los libros de registro, son objetos del pasado que ya deberían haber sido retirados de todas las comisarías de España... Y del mundo —añadió—. No tiene ningún sentido mantener estos chismes —le pegó un manotazo al fax mientras hablaba— en una época que no hay un despacho sin ordenador, y un ordenador en cada despacho.

La chica se encogió de hombros y se llevó el dedo índice de su mano derecha a la boca, como si quisiera comerse una uña.

—No hagas eso —recriminó Andrés Hernández.

—¿El qué?

La joven policía no sabía a qué se refería el agente.

—Morderte las uñas —dijo Andrés, volviendo a coger el vaso de café de encima del mostrador—. La onicofagia es una enfermedad y como tal hay que tratarla.

Diana ignoró el comentario de Andrés y siguió tecleando en el ordenador de la Sala del 091, donde estaba grabando los partes de hospedería del día anterior. Algo que debía hacer cada día, registrando los viajeros que dormían en los hoteles y pensiones de Huesca.

—La onicofagia surge por problemas internos de la persona —siguió hablando el policía—, como pueden ser la necesidad de autoflagelarse, por ejemplo, o un autocastigo por no sentirse a gusto uno consigo mismo.

La joven policía dobló el último folio que había grabado en la aplicación de hospederías y lo metió con cuidado dentro de una carpeta azul, con la inscripción «Hospederías», en letra grande y gruesa. Andrés se fijó en sus manos, la chica tenía unos dedos delgados y largos, terminados en unas uñas cortas, pero bien formadas. Sin pintar.

—Bueno... —concluyó Andrés Hernández, viendo que la joven policía no le hacía ningún caso—, morderse o comerse las uñas no es un mal ocasionado por la ansiedad y el estrés de la vida diaria, como algunas personas pueden pensar, el problema de la onicofagia radica en lo más profundo de la persona, donde se encuentran grabados los patrones de comportamiento que hacen que la víctima de este mal no pueda evitar llevarse los dedos, de forma impulsiva, a la boca y desguazarlos con los dientes.

—Ya he grabado las hospederías —dijo la chica como respuesta—. ¿Lo anoto en el parte de sala? —preguntó, un poco molesta por las excesivas explicaciones de Andrés.

Ella se sentía psicoanalizada y no le gustaba que le dijera el veterano policía cómo debía hacer las cosas o cómo tenía que comportarse. Eso era algo que no le competía a él. Diana no pudo evitar recordar a un hombre de la edad de Andrés Hernández que años atrás la había hecho sentirse como una cría al decirle qué debía hacer en cada momento.

—Sí, sí, por supuesto —dijo Andrés Hernández—. Aquí, en la comisaría, lo que no se escribe es como si no hubiese ocurrido nunca.

La chica sonrió mientras se ponía en pie y rebuscaba algo en el bolsillo de su chaqueta de *goretex* que había dejado, al entrar, en el butacón de la Sala del 091.

—¿Cómo te llamas? —preguntó Andrés en tono condescendiente.

—Diana —respondió ella, sacando un paquete de tabaco rubio del bolsillo de la chaqueta.

—¿También fumas? —preguntó Andrés con cierto desdén.

—¿También?

—Bueno —se excusó Andrés—. Digo aparte de morderte las uñas.

—Yo no me muerdo las uñas —replicó Diana, mientras se ponía un cigarrillo en la boca, con un gesto varonil—. Cuando estoy nerviosa me calmo tocándome los dientes con la punta del dedo, eso es todo.

—¿O fumando?

—O fumando —repitió ella—. Cada uno calma los nervios como puede. O como sabe —añadió.

Andrés se dio cuenta de que la chica tenía razón. Él mismo había sido fumador durante muchos años, pero ahora, con cuarenta y cinco cumplidos, no era edad para castigar el cuerpo con vicios de ese tipo. Quizá le sabía mal que esa chica pudiera fumar con tanto afán sin preocuparse por su salud. «Los jóvenes no se preocupan por nada», pensó.

—¿Quiere? —le preguntó Diana con malicia, mostrando un cigarro que elevó a la altura de sus ojos.

Andrés se percató de que la chica era realmente atractiva. Su mirada destacaba debajo de unas pestañas largas y relucientes, como si les hubiera aplicado algún tipo de vaselina que las hiciese brillar. Pero lo que realmente le llamó la atención fue su sonrisa, era única.

—No, gracias, Diana —rechazó con un gesto de su mano—. Hace ya algunos años que lo dejé.

—¿Le costó?

—Mucho. La verdad, para que te voy a engañar. Pero por favor, no me trates de usted.

La joven agente sonrió de nuevo mientras encendía el cigarro que balanceaba en sus labios como si fuese un camionero. No le importaba que él le hubiera dicho que lo tuteara, ella sabía que seguiría llamándolo de usted durante toda la noche. Y no era por respeto hacia él, sino por establecer una gruesa barrera en la confianza del policía veterano hacia su pupila. Diana no podía olvidar el encontronazo que había tenido antes de entrar en la Policía, con un hombre maduro de la edad de Andrés Hernández. Para ella, ellos siempre se sienten paternalistas con las chicas jóvenes y aniñadas, y en ese afán de protección llega un momento que traspasan una barrera que nunca debieron cruzar. En el poco tiempo que llevaba con ese policía ya había hecho hincapié en lo de morderse las uñas, había utilizado palabras tan morbosas como «autoflagelarse» o «autocastigo», y no hacía otra cosa que decirle lo que estaba bien o lo que no. Para Diana, su compañero de turno no era más que otro viejo verde y pesado.

—¿Le molesta? —le preguntó al agente.

La chica no quería incomodarlo fumando ante él. Sabía que no había nada más molesto para un ex fumador que el humo de un cigarro.

—No, no, faltaría más. Allá tú con lo que hagas con tu salud —replicó Andrés algo enojado. Como si quien estuviera allí fumando fuese una hija suya.

El agente recordó cómo no hacía tantos años celebraba su cumpleaños fumando varios cigarros seguidos y sorbiendo refrescantes copas de cava. Hoy era veintiuno de octubre de dos mil diez y hacía unos minutos que había cumplido los cuarenta y cinco años; aunque no le dijo nada a su compañera de trabajo, ni al coche patrulla que trabajaba esa noche. No pensaba celebrar su cumpleaños, no le apetecía.

Sorbió de un trago el culo de café que quedaba en el vaso y lo aplastó con fuerza entre su mano. Luego lo arrojó a una de las dos papeleras que había en la Sala del 091, y pese a que se acercó lo suficiente como para no errar el tiro, el vaso rebotó contra la pared y cayó al suelo.

—¡Vaya! —se quejó—. Hoy estoy torpe.

En la pared, sucia de por sí, quedó un manchón de café.

—Muy mayor para meterla —sonrió Diana mientras se agachaba para recoger el vaso y tirarlo a la papelera.

El comentario de la policía de prácticas provocó en el veterano policía una sonrisa entre cortés y viciosa. Andrés pensó que no conocía a esa chica lo suficiente como para saber si ella se le estaba insinuando o por el contrario se estaba riendo de su edad. En lo que sí se fijó Andrés fue en la celeridad con que Diana se agachó y se puso en pie, la chica era muy ágil.

El fax escupió otro folio más.

—Debe de ser el último —dijo Andrés, apartando el humo del cigarro de la chica, con la mano abierta, haciendo aspavientos al aire—. A estas horas no creo que llegue ninguno más. Al menos no debería llegar ninguno.

Diana miró el reloj de la Sala. Sabía que ese reloj no era puntual, pero en esos momentos no recordaba si atrasaba o adelantaba.

—Las doce y treinta —dijo.

—Las cero treinta de la madrugada —corrigió Andrés—. Aún nos quedan seis horas de noche —vaticinó, mostrando una mueca de insatisfacción que le arrugó la frente y lo envejeció.

—Las noches es lo más duro —dijo la chica, mientras se sentaba en el butacón de la Sala del 091, tras apartar su chaqueta de *goretex* y dejarla con torpeza sobre una de las mesas vacías.

A Andrés le sonó a pregunta, pero Diana estaba haciendo una afirmación.

—Así es. Las noches son largas, silenciosas y cansadas —dijo Andrés—. Yo llevo veinte años trabajando de noche y todavía no me he acostumbrado a ellas. Y creo que no me acostumbraré nunca —afirmó, cogiendo los dos folios de la bandeja del fax.

Diana apagó el cigarro en el cenicero que había en la repisa de la ventana, en la parte exterior. Mientras lo hacía se fijó en el patio de la comisaría. Sobre el muro de seguridad sobresalía el chorro de la fuente de la plaza Luis Buñuel.

—Hay trabajos peores —dijo la chica, haciéndose la interesante.

Andrés se asombró. Diana aparentaba la juventud suficiente como para no tener experiencia en la vida, pero su vocabulario y la ausencia de timidez en su rostro presagiaban que sabía más de lo que su edad indicaba.

—Claro —sonrió el veterano policía—. Hay trabajos peores y mal pagados, pero también los hay mejores y muy bien pagados. El nuestro es un oficio desagradecido y mal pagado. ¿Cuántos años tienes? —le preguntó a la chica, mientras ella entornaba la ventana del patio para que no traspasara el frío de octubre.

Diana se sorprendió por la pregunta. No es que no la esperara, sino que no le gustaba decir su edad a nadie, y menos a un veterano policía. Sabía la chica que él utilizaría su juventud para infravalorarla.

—A una dama nunca se le pregunta la edad —dijo con forzada coquetería.

Andrés se contrarió al darse cuenta de que ella tenía razón. La chica evitaba a toda costa que el veterano agente transgrediera la delgada línea de su intimidad.

—Yo entré en la Policía nacional con veinticinco años —afirmó—, y llevo veinte de servicio. Sin bajas y sin faltar un solo día en mi puesto. Pero antes —argumentó para que Diana entendiera por qué le había preguntado la edad— estuve trabajando en otros oficios: de camarero, de repartidor, de camionero... —cogió aire, como si fuese a decir algo importante—, y te puedo asegurar que tenemos un buen oficio; aunque mal pagado. Muy mal pagado —insistió.

La emisora de la Sala del 091 sonó entre cortos chasquidos. El coche patrulla solicitaba desde la calle datos de una placa de matrícula.

—Ya respondo yo —dijo la chica.

«H-50 tome nota de una placa», chasqueó la emisora.

«¡Adelante!», dijo Diana.

«HU-6745-PR», dijo el agente, al que Diana reconoció por la voz. Era Iván, un policía de prácticas de su misma promoción.

«Un Seat León —respondió Diana—. No figura como sustraído. Seguro e ITV en vigor.»

«Muchas gracias, H-50.»

«Tú que las tienes todas», replicó Diana por la emisora, sonriendo.

—Procura no hacer esos comentarios por la emisora —volvió a censurarla Andrés—. Puede haber algún jefe escuchando el canal de la Policía.

—Es Iván —dijo ella—. Un compañero de mi promoción.

—¿Novio?

Diana anotó la matrícula que le había pasado la patrulla en el parte de la Sala del 091. No respondió a la pregunta del veterano policía. La chica pensó que quizá ya le había respondido demasiadas preguntas personales.

Andrés aprovechó para leer los dos faxes que habían entrado esa noche. Su rostro se tornó apesadumbrado y Diana se dio cuenta enseguida de que algo no iba bien.

—¿Ocurre algo? —le preguntó.

El fax lo mandaba el hospital provincial de Huesca. En una de sus habitaciones había fallecido un hombre de muerte natural. Tan solo siete líneas explicando lo sucedido. Un hombre de cuarenta y cinco años había ingresado dos días antes aquejado de una infección pulmonar severa. El hospital solicitaba ayuda a la Policía para localizar a algún familiar que se hiciese cargo del cuerpo. Era una petición rutinaria, el servicio hospitalario se aprovechaba de la base de datos de la Policía para agilizar los trámites. Andrés Hernández leyó con desconsuelo el nombre de esa persona: Miguel Ángel Urquijo Cañas. Lo murmuró en voz alta. Diana lo oyó.

—¿El hospital? —dijo la chica.

—Sí —replicó Andrés—. Me voy a acercar un momento. No tardaré. Ha muerto un hombre que conocí... —cogió aire— que conocía.

—¿Envío el coche, Andrés? —preguntó la policía en prácticas.

Diana se percató de que había infringido uno de sus principios y había comenzado a tutear al veterano policía.

—No, no —negó tajante el agente—. Me acercaré personalmente. Miguel Ángel, Miguel Ángel —dijo en voz alta—. ¿Qué coño hacías en Huesca?

—Dime el nombre de nuevo —solicitó Diana, que se había sentado ante el ordenador dispuesta a teclear el nombre de esa persona.

—No es necesario, de verdad —insistió.

—¿No quieres saber si hay más personas con ese nombre?

—¿Perdón?

Andrés Hernández estaba totalmente desconcertado. Sus ojos se balanceaban de un lado hacia otro de la Sala del 091, como si le costara tomar una decisión.

—Supongo que en España habrá muchas personas que se llamen así, como tu amigo.

—¿Lo puedes mirar?

Diana sonrió irónicamente.

—Claro, tan solo tengo que introducir el nombre en la base de datos del DNI y contar cuántos Miguel Ángel Urquijo Cañas salen.

—Es verdad —asintió Andrés confuso.

La chica quería introducir los datos del fallecido y así ir avanzando las gestiones para localizar a algún familiar. El trámite era sencillo. Primero se consultaba la base de datos de antecedentes policiales y judiciales, luego la base de datos de la Guardia Civil, después la base de datos del Documento Nacional de Identidad, para terminar con el archivo de denuncias interpuestas.

—No hagas nada —ordenó Andrés Hernández—. No hagas nada hasta que regrese yo del hospital.

Diana lo miró confundida. Sus ojos mostraron desconcierto.

—¿Entonces quieres saber cuántos Miguel Ángel Urquijo Cañas hay en la base de datos del DNI o no?

—Bueno, eso sí.

—Solamente hay tres personas en todo el Estado español con ese nombre y apellidos. Y con cuarenta y cinco años de edad solo hay uno, los otros dos son mucho más mayores —dijo Diana.

A la chica le dio por pensar que los apellidos Urquijo Cañas correspondían a personas ancianas.

—¿Le sale algún domicilio? —preguntó Andrés.

—Claro —asintió Diana—. En la ficha del DNI dice que vive en Mataró, en la avenida Gatassa.

—Entonces es él, sin duda —aseveró Andrés con rostro apesadumbrado y sin mirar la pantalla del ordenador—. Ya sería demasiada coincidencia que dos personas que se llaman igual residan en el mismo edificio.

—¿Quieres que mire algo más?

—Es un asunto personal —dijo Andrés para tranquilizarla. No quería que ella pensara que él no se fiaba de su buen hacer y de su profesionalidad—. El hombre que ha fallecido en el hospital y yo éramos íntimos amigos de la infancia —dijo para serenar a Diana—. Hace muchos, muchísimos años que no sé nada de él.

Diana se encogió de hombros. Hasta ese momento no veía qué había de extraño en que una persona a la que hacía muchos años que no veía su compañero de turno hubiera fallecido en el hospital.

—Miguel Ángel nunca ha estado en Huesca —dijo Andrés—. Nunca ha estado en Huesca y ha venido aquí a morir.

Diana se encogió nuevamente de hombros y arrugó la boca.

—Me voy al hospital a ver qué ocurre. Las casualidades no existen —vaticinó.

La chica no preguntó nada más y se limitó a guardar los faxes en la bandeja que había al lado del ordenador de la Sala del 091, mientras Andrés salía por la puerta dirección al garaje de la comisaría. La pantalla del ordenador mostraba la imagen de Miguel Ángel con el cursor parpadeando, esperando a que alguien introdujera una búsqueda.

2

Mientras bajaba al garaje por la estrecha escalera oscura y tenebrosa de la comisaría de Huesca, para coger un coche con el que poder ir hasta el hospital, Andrés Hernández se acordó de Miguel Ángel Urquijo, cuando los dos contaban diez años de edad y fumaban a escondidas sentados en un espigón de la playa de Caldes d'Estrac. No pudo evitar, el veterano policía, que en su mente aflorara el recuerdo de una de las muchas conversaciones que mantuvo con Miguel Ángel. Era el verano de 1975 y una noche limpia de estrellas dejó un cielo precioso sobre el mar.

—Ayer leí en una enciclopedia que el veintiuno de octubre de mil novecientos sesenta y cinco, cuando nacimos nosotros, pasó un cometa por el cielo —dijo Miguel Ángel, exhalando una enorme bocanada de humo.

Andrés se encogió de hombros, como hacía siempre cuando algo no le incumbía.

—¿Te das cuenta? Un cometa como el que anunció el nacimiento de Jesús —insistió Miguel Ángel.

—Hay muchos cometas en el cielo —le dijo Andrés, mirando el reflejo de la luna sobre un mar plano y reluciente.

—Pero los cometas siempre auguran cosas buenas —dijo Miguel Ángel.

Y Andrés Hernández se acordó de la película *Las aventuras de Mark Twain*, donde gritaban «¡Mark Twain, Mark Twain, aguas seguras!», a bordo de un vapor de ruedas en el río Misisipí y como en esa misma película, que vio hacía pocos días en la televisión, el protagonista decía que nació cuando llegó el cometa *Halley* y que moriría cuando su estela volviera a iluminar el cielo.

—No, Miguel Ángel —le dijo Andrés arrojando la colilla del cigarro que sostenía en sus dedos al mar—, los cometas también son señal de mala suerte.

El veterano agente se metió dentro del primer coche de policía que había justo al lado de la puerta de acceso al garaje. Antes comprobó, desde la parte externa de la ventanilla abierta, que las llaves estaban puestas. Mientras ponía en marcha el motor del vehículo, recordó fragmentos de la infancia en Caldes d'Estrac, cuando él y Miguel Ángel eran íntimos amigos y sus padres se conocían y ellos iban juntos al colegio. Hizo esfuerzos para no llorar; aunque allí, en la soledad del garaje de comisaría, nadie lo hubiera visto. No se terminaba de creer que el mejor amigo de su infancia hubiera muerto. Y no comprendía por qué lo hizo en un hospital de Huesca. No lo comprendía al mismo tiempo que le preocupaba. La pregunta que le martilleaba la cabeza era: ¿qué había venido a hacer Miguel Ángel a Huesca?

Que él supiera, Miguel Ángel no había estado nunca antes en Huesca. Caldes d'Estrac y Huesca eran dos ciudades separadas lo suficiente como para que el pasado y el presente de Andrés Hernández y Miguel Ángel no se confundieran en ningún momento. Para Andrés Caldes d'Estrac era el pasado, la infancia, el abandono, lo remoto, lo distante. Caldes d'Estrac y Huesca conformaban un distanciamiento similar al que había entre el cielo y la tierra, entre estar muerto y vivo. Eran dos mundos que no podían mezclarse. Que Miguel Ángel estuviera en Huesca significaba que esa gruesa línea entre el pasado y el presente se había quebrado.

Mientras, en la Sala del 091 de la comisaría provincial, la policía en prácticas Diana Dávila leía con detenimiento el fax que Andrés Hernández había dejado sobre la mesa, al lado de la centralita.

> Por el presente me pongo en contacto con esa comisaría provincial al efecto de solicitar ayuda en la localización de algún familiar de don Miguel Ángel Urquijo Cañas, varón, nacido en Mataró el veintiuno de octubre de mil novecientos sesenta y cinco, hijo de Jacinto e Isabel, número de documento 965152483 y sin domicilio conocido ni datos de contacto conocidos.

El escrito lo firmaba el médico de guardia del hospital San Jorge de Huesca, el doctor Narciso Ferragut. Diana Dávila sabía que Andrés Hernández había nacido en Mataró, era algo que en alguna ocasión, durante el mes que llevaba prestando servicio en la comisaría provincial, había oído decir a los compañeros del turno. Así que supuso que el fallecido, el tal Miguel Ángel Urquijo, y Andrés Hernández se conocían de la infancia, tal y como le había dicho Andrés antes de partir hacia el hospital.

Poco o muy poco sabía la chica de su mentor. Era un

hombre solitario, taciturno y pensativo. De pocas palabras; aunque muy maniático con el orden. Los demás policías de prácticas sufrían con sus constantes salidas de tono cuando algo estaba fuera de lugar, pero en el fondo a ella no le parecía mala persona, tan solo un viejo verde como todos los hombres que pasan la cuarentena y no hacen más que insinuarse a las chicas que podrían ser sus hijas. Ella ya se había dado cuenta de cómo el veterano policía resbalaba sus ojos por su figura cuando hablaban.

Diana Dávila abrió la aplicación informática de la Sala del 091 y asignó un número de entrada para el fax. Luego, ese mismo número, lo anotó con un rotulador rojo en la cabecera del escrito y lo metió dentro de la carpeta de los faxes.

En la Sala del 091 entró la patrulla uniformada del turno de noche. Ya era la una de la madrugada y los agentes tenían hambre. Los dos policías entraron con las chaquetas de *goretex* bajo el brazo.

—¿Y Andrés? —preguntó uno de ellos, el más veterano.

—No sé —respondió la chica—. Ha salido pitando hacia el hospital provincial nada más leer el último fax. —Señaló con su dedo a la carpeta de los faxes.

—No hemos oído la emisora —dijo Iván, el otro agente, también de prácticas—. ¿Ha ocurrido algo allí?

—Ha llegado este fax —Diana lo sacó de la carpeta, donde lo había metido momentos antes—, y después de leerlo se ha marchado. No me ha dicho qué ocurría. Bueno sí —aclaró—, me ha dicho que es un asunto personal. Hasta donde sé, ha muerto un hombre en el hospital provincial y Andrés lo conocía de la infancia.

—Mmmm... Miguel Ángel Urquijo Cañas —leyó en voz alta el policía veterano, un barrigón entrado en años que se vanagloriaba de ser el más antiguo de la comisaría. Un vistazo a su carné profesional corroboraba que era cierta su presunción—. Míralo por antecedentes —le dijo a Diana—. Es la primera vez que oigo ese nombre. Miguel Ángel Urquijo, Miguel Ángel Urquijo... —repitió un par de veces en voz alta, como si tuviese que conocerlo forzosamente. Pero a su mente no llegó ningún recuerdo.

—Se lo he dicho a Andrés antes de salir rumbo al hospital y él me ha dicho que no hiciese nada hasta que regresara. Lo único que me ha dejado mirar es comprobar cuántos Miguel Ángel Urquijo Cañas hay en todo el estado y así descartar que no sea otra persona distinta a su amigo quien ha fallecido en el hospital.

—El bueno de Andrés —dijo el veterano policía—. Tomándose siempre todo tan a pecho. Anda, ve mirando los datos de ese hombre y así avanzaremos trabajo.

La chica de prácticas se sentó frente al ordenador y tecleó el nombre de Miguel Ángel Urquijo Cañas en la aplicación policial. Rellenó los campos por apellido y nombre y dejó el año de nacimiento vacío. Como no eran unos apellidos muy comunes, supuso que la máquina no tardaría en responder.

El ordenador pensó unos segundos y enseguida mostró toda la información solicitada en la pantalla.

—Una joya —dijo Diana sonriendo.

Los tres policías miraron la pantalla. Miguel Ángel Urquijo Cañas tenía al menos dieciocho antecedentes policiales. La mayoría por robo con fuerza, alguno por tráfico de drogas y lo demás eran faltas de hurto.

—Abre la foto —le dijo Lisandro Ayala, el policía mayor—. Veamos qué cara tiene ese tío.

Diana puso el puntero del ratón sobre la pestaña de la imagen y en unos segundos se abrieron tres fotografías que mostraban a Miguel Ángel Urquijo: una de frente, otra de perfil y la última ligeramente ladeada.

—Vaya pinta de chorizo tiene —dijo Iván, el policía de prácticas que acompañaba a Lisandro.

Las fotografías del monitor mostraban la imagen de Miguel Ángel Urquijo en la última detención que tuvo. Fue practicada por los Mossos d'Esquadra de Barcelona apenas hacía seis meses, en abril de ese mismo año. La ausencia de dentadura por culpa de la droga y la extrema delgadez le conferían un aspecto demacrado. En esas fotografías aparentaba al menos veinte años más de los que en realidad tenía. En la imagen que estaba de frente, sus ojos se salían de las órbitas y mostraban una intensa tristeza.

—No lo había visto nunca. Ese no es de por aquí. —Lisandro dejó la chaqueta sobre la mesa y se quitó la emisora del cinturón.

—La última detención es de Barcelona, del grupo de estupefacientes de la Policía autonómica —dijo Diana, sin quitar los ojos de la pantalla.

—Mira qué domicilio le consta —solicitó Lisandro.

—En Mataró, en la avenida Gatassa —respondió la chica, buscando en la pantalla del ordenador alguna información más—. Ese dato ya lo había mirado antes en su ficha del DNI.

—De allí es Andrés —dijo quedamente Lisandro—. Nació en Mataró y pasó la infancia en un pueblo de al lado, Caldes d'Estrac, pero su vida antes de entrar en la Policía transcurrió entre Mataró y Caldes. Por eso ha salido pitando hacia el hospital, seguramente ese tal Miguel Ángel y él se conocían ya.

—Sí, sí, así es —corroboró Diana—. Me ha dicho Andrés, antes de irse, que ese hombre y él eran amigos de la infancia.

—¿Vamos al hospital a ver qué ocurre? —sugirió Iván, sin terminar de quitarse la chaqueta.

El joven estaba impaciente por que hubiera un poco de acción que lo sacara de la modorra.

—No, no —negó Lisandro—. Si Andrés necesita algo ya nos llamará. Mejor vamos a cenar nosotros —dijo finalmente—. De todas formas la noche de un miércoles no es el mejor día para hacer gestiones. Supongo que Andrés ya sabrá a quién llamar, si ese tal Miguel Ángel Urquijo y él vivían en el mismo barrio de Mataró o Caldes d'Estrac, conocerá a su familia, seguro.

—Vaya putada morir el día de tu cumpleaños. —Iván se quedó mirando la ficha policial que había en la pantalla del ordenador.

—Uf, no me había dado cuenta. —Diana dio un respingo en el asiento al percatarse de que Miguel Ángel Urquijo había nacido el 21 de octubre de 1965—. Hoy cumplía años ese tío —dijo.

—Él y Andrés —dijo Lisandro—. Andrés Hernández también cumple años hoy.

Los dos policías de prácticas cruzaron sus miradas entre ellos.

—¿Estás seguro? —preguntó extrañada Diana—. Se lo tenía callado, ni siquiera ha traído un poco de cava para brindar y no ha dicho nada al inicio del servicio.

—Espera... —dijo Iván, mientras sacaba de un cajón de la mesa de la oficina un listado con todos los funcionarios de la comisaría—. Ahora lo sabremos.

El joven policía de prácticas recorrió, con el dedo índice, uno a uno el nombre de todos los funcionarios, hasta que llegó a Andrés Hernández. En una línea estaba el nombre, fecha de nacimiento, documento de identidad, carné profesional y domicilio.

—Pues es verdad —dijo desconcertado—. Andrés cumple hoy cuarenta y cinco años también.

—También, también —sonrió Lisandro—. Ya os lo había dicho yo. Hace años que conozco a Andrés y sé de sobra cuándo cumple años.

Diana pensó en la desconcertante coincidencia que había ocurrido esa noche y que parecía haber pasado desapercibida para sus dos compañeros. Dos hombres que se conocen de la infancia coinciden a cientos de kilómetros del lugar donde se criaron, el día que los dos cumplen años. Uno de ellos es un delincuente y el otro un policía. Uno de ellos muere y el hospital pide, sin saberlo, ayuda a la única persona que lo conoce en Huesca. Y lo que más turbaba a Diana era el hecho de la coincidencia de que ella huía de los recuerdos de un tiempo no muy lejano, en un lugar que tan solo estaba a doce kilómetros de donde esos dos hombres nacieron, Arenys de Mar. Pensó la chica que no podía ser tanta casualidad. Allí, en Huesca, en la comisaría de policía, habían coincido en el espacio y en el tiempo tres personas venidas de un lugar de la costa catalana. Y ella no tenía muy buenos recuerdos de Arenys de Mar.

El policía en prácticas, Iván, desenvolvió ruidosamente el papel de plata que cubría su bocadillo.

—¿Te vas a comer todo eso? —sonrió Diana, abstrayéndose de sus pensamientos.

Lisandro, mientras guardaba el listado de funcionarios en el cajón, no pudo evitar pensar lo que le daría de comer a esa chiquilla, pero no dijo nada a riesgo de parecer desagradable. El veterano policía tenía la suficiente edad como para que cualquier broma de ese tipo fuese repugnante.

—Ese tío que ha muerto en el hospital y Andrés tienen la misma edad —dijo Diana, por si alguno de sus compañeros no hubiese caído en la cuenta de la coincidencia.

—Igual, igual —asintió Lisandro—. Así que no solo se conocían y se criaron en el mismo barrio de Mataró o de Caldes d'Estrac, sino que además tenían la misma edad. Oye —le dijo a Iván—, sigue comiéndote ese pedazo de bocadillo que yo me voy a acercar hasta el hospital, no sea que Andrés necesite algo.

Diana arrugó la frente. A la chica le hubiera gustado ir con Lisandro al hospital y curiosear sobre la amistad que unía a Andrés con ese hombre que acababa de morir. La curiosidad se la estaba comiendo por dentro.

3

Andrés Hernández aparcó el coche de policía frente a la puerta de urgencias del hospital San Jorge. Un hombre, de unos cincuenta años, fumaba inquieto en la calle y clavó sus ojos en el policía cuando este se bajó del vehículo. Andrés le devolvió la mirada.

En el interior del hospital, a través del ventanal de la puerta de acceso, se veía a una chica joven, ataviada con una bata blanca, conversando con un vigilante de seguridad de espaldas anchas y pelo rizado, parcialmente calvo por la frente. Andrés traspasó la puerta de acceso, raudo, y sin entretenerse en mirar si había alguien más en la sala de espera. Las personas que esperaban en la sala se fijaron en él; el uniforme azul oscuro del policía atrajo sus miradas.

—Hola —le dijo Andrés a la chica, que estaba enfrascada hablando con el vigilante de seguridad a través de una pequeña ventanilla acristalada—. Hemos recibido un fax en comisaría con una petición acerca de la gestión sobre una persona que acaba de fallecer.

La chica lo miró con gesto de incomprensión.

—¿Sabe algo de eso? —insistió Andrés.

El vigilante que permanecía fuera de la recepción ya

conocía a Andrés de haberlo visto otras veces por el hospital. Lo saludó marcialmente elevando la mano con celeridad hasta tocarse la sien.

La chica se encogió de hombros y miró al vigilante con el que estaba hablando, esperando que él supiese algo.

—Espere —dijo finalmente la recepcionista—. Avisaré al médico de guardia y él le podrá informar mejor. Supongo que habrá sido el médico quien ha llamado a la Policía.

La chica descolgó el teléfono que había sobre la mesa y pulsó un número. Seguidamente cerró la ventanilla. El vigilante y el policía se quedaron fuera de la sala.

—¿Mucho trabajo? —le preguntó Andrés.

—Pues para ser entre semana la verdad es que está viniendo mucha gente —respondió el vigilante.

Andrés recordó el gesto que había hecho antes: saludar marcialmente sin llevar gorra, y pensó que ese vigilante seguramente no había hecho el servicio militar.

—Sí, agente —dijo la chica abriendo la ventanilla y colgando el teléfono—. Esta tarde ha fallecido la persona por la que usted pregunta. Me ha dicho el médico de guardia que le está esperando en su despacho. El vigilante le acompañará.

La recepcionista miró al vigilante esperando que este asintiera.

—Sígame —dijo el vigilante de seguridad, risueño, como si siempre hubiera estado esperando esa orden.

El celador era un hombre excesivamente obeso y no podía disimular una escandalosa barriga que le asomaba por encima del cinturón. Y su poblada barba ofrecía un aspecto sucio y dejado.

Los dos, policía y vigilante de seguridad, caminaron por el largo pasillo de la sala de urgencias. Andrés vio una de las habitaciones abiertas y miró dentro sin dejar de caminar detrás del vigilante. Una mujer muy anciana agonizaba en el interior.

—Ayúdeme —gritó.

Andrés miró al vigilante.

—Está como una regadera —dijo, mientras con su dedo índice se tocó la sien.

—Nunca me ha gustado el ambiente de las urgencias de los hospitales —se sinceró Andrés.

—No es tan distinto del ambiente de una comisaría —replicó el vigilante.

Andrés pensó que no le faltaba razón a ese hombre.

Los dos llegaron hasta el edificio principal del hospital, cerrado al público a esas horas. El vigilante abrió la puerta con una ruidosa llave que pendía de su cinturón. El policía pensó que ese celador hacía bien su trabajo.

—Ingresó aquí hace tres días —le dijo el vigilante a Andrés, mientras esperaban a que bajara el ascensor—. Pero los médicos ya dijeron que estaba muy mal y que no duraría mucho... Vivo —añadió con cierta sorna.

Andrés pensó que para ser un simple celador estaba bien informado de todo lo que ocurría en el hospital.

—¿Lo conocía? —le preguntó a continuación el vigilante, mientras le indicaba con una mano a Andrés para que accediera al interior del ascensor.

—¿Está su cuerpo aquí? —preguntó a su vez el policía, omitiendo la pregunta del vigilante.

—Oh, no, se lo han llevado hace unos minutos al tanatorio municipal. Es allí donde el forense le hará la autopsia. Las autopsias siempre se hacen en el tanatorio —añadió—. Debería usted saberlo.

—¿Unos minutos?

—Bueno, quiero decir esta tarde. Aquí el tiempo pasa más deprisa de lo que uno es capaz de darse cuenta —dijo el vigilante mirando el reloj, como si no pudiera creerse la hora que era.

—¿Y adónde vamos ahora?

Andrés se sentía torpe haciendo preguntas de ese estilo, pero aunque no quería demostrarlo, lo cierto es que estaba compungido y afectado por la muerte de Miguel Ángel. Y sobre todo intrigado. Para el veterano policía el tiempo pasaba muy despacio y parecía que ese vigilante no tenía ninguna prisa.

—Me ha dicho la auxiliar de enfermería que le acompañe hasta el despacho del médico de guardia, que está en la planta seis —respondió el vigilante—. Supongo que querrá hablar con usted sobre el yonqui ese.

Los ojos de Andrés se clavaron en la nuca del vigilante, que observaba calmoso los botones del ascensor.

«Qué sabrá este desgraciado de Miguel Ángel —pensó—. Ni siquiera lo conocía y aun así se permite la libertad de llamarlo "yonqui".»

El policía pensó en la simplicidad de la muerte. En la nota de prensa que saldría en el diario local al día siguiente:

UN YONQUI FALLECE EN EL
HOSPITAL SAN JORGE DE HUESCA
A LA EDAD DE CUARENTA Y CINCO AÑOS

Andrés pensó que en la nota no pondría nada más.

En esos momentos se acordó de cuando los dos, Miguel Ángel y él, tenían diez años y descansaban de jugar a la pelota en el jardín que los padres de Miguel Ángel cuidaban en aquella señorial mansión de Caldes d'Estrac.

—Mi padre dice que habrá otra guerra —le dijo Miguel Ángel, mientras mordisqueaba un bocadillo de Nocilla que había preparado su madre.

Hacía dos días que enterraron al general Franco y la prensa del veintidós de noviembre de mil novecientos setenta y cinco no hablaba de otra cosa. El padre de Miguel Ángel, Jacinto Urquijo, atemorizó a toda su familia con la amenaza de una guerra civil.

—Los americanos no dejarán que eso ocurra —le dijo Andrés.

—A los americanos no les importa lo que pase en un país como España —replicó Miguel Ángel—. Solamente el rey nos puede salvar.

Los dos tenían diez años y para ellos el mundo era un lugar fantasioso y la mayor ilusión de Andrés era esperar a que llegara el viernes para ver su serie preferida: *Espacio 1999*. A pesar de que las noticias de la actualidad española y mundial no encajaban en su mundo, en su casa también se había comentado la muerte de Franco, sobre todo su padre, Nicolás Hernández.

—Los rojos se adueñarán de España —había dicho en la sobremesa del viernes veintiuno de noviembre, con el cadáver del general Franco aún sin enterrar.

Para el joven Andrés, la expresión «rojos» carecía de contenido. Ya la había escuchado en otras ocasiones y siempre hacía referencia a algo malo.

—¿Los rojos son la ETA? —le había preguntado a su padre un año antes, cuando aún coleaba el asesinato del almirante Carrero Blanco.

La madre, Carmen Mancilla, se alarmó hasta el extremo de cerrar la ventana del balcón. Los vecinos podían haberlo oído.

—Pero es que estáis locos —clamó visiblemente asustada—. Cualquiera podría escucharos y llamar a la Guardia Civil.

La sola mención de la Guardia Civil causaba estragos en las mentes infantiles de Andrés y Miguel Ángel. Para ellos, los Guardias Civiles eran asesinos al servicio de Franco. No era la primera vez que Andrés oía decir a su madre que tenían «carta blanca». Una expresión que utilizaba demasiado a menudo, sobre todo con su hermano Antonio, nueve años mayor que él y que ya salía los sábados por la noche por la zona de Calella de Mar y Blanes.

—Mira que la Guardia Civil tiene carta blanca —le decía cuando Antonio salía por la puerta.

Y siempre ponía algún ejemplo reciente.

—La semana pasada mataron a un estudiante que se saltó un control policial.

—Sí, lo mataron por la espalda a bordo de su coche —replicó Antonio—. Son unos asesinos y piensan que todo el mundo es de la ETA.

—¡Antonio! Te has vuelto loco. No quiero que digas esas palabras. No en nuestra casa.

—Ya hemos llegado —dijo el vigilante de seguridad, distrayendo los pensamientos de Andrés.

El ascensor se paró en la sexta planta. Andrés pensó que no hubiera podido aguantar más tiempo la presencia de ese vigilante de seguridad, su olor a sudor era nauseabundo. Los dos caminaron por un pasillo largo y ancho y llegaron hasta un despacho donde estaba el médico de guardia esperándoles. El tiempo que tardaron en llegar desde la entrada donde habló con la recepcionista se le hizo eterno a Andrés.

«¿Cómo es posible que sean tan lentos?», se preguntó.

—Buenas noches, vengo en compañía de un oficial de policía —dijo el vigilante, colando su cabeza por la puerta abierta del despacho del médico de guardia.

A Andrés le chocó la expresión «oficial de policía», algo que sonaba muy americano y que además no era cierto, Andrés era un simple policía de la escala básica.

—Buenas noches —saludó el médico, extendiendo la mano mientras se ponía en pie con una celeridad admirable para lo tarde que era—. ¿No será usted Andrés Hernández? —preguntó, para asombro del propio Andrés.

Andrés estrechó la mano del médico y lo miró confuso a los ojos. Se preguntó por qué el médico sabía su nombre, cuando el fax que mandó iba dirigido a la comisaría provincial de Huesca; cualquier otro policía podía haberlo leído.

—Sí, soy yo —dijo desorientado—. ¿Qué ocurre, doctor?

—El mundo está lleno de casualidades. Siéntese, por favor —le recomendó el médico.

El vigilante, viendo que estaba de más allí, salió del despacho y bajó de nuevo en el ascensor hasta la sala de urgencias para continuar conversando con la guapa chica de la recepción.

La incomodidad del veterano policía iba en aumento. ¿Por qué sabía ese médico su nombre? ¿Por qué parecía que lo estuviera esperando?, pensó.

—No sé por qué, sabía que era usted el que iba a venir. ¿Le han dicho algo?

Andrés divagó la vista por el despacho del doctor.

—No —negó rotundo—. ¿Sobre qué? Me tiene usted intrigado.

4

El médico se acercó hasta una máquina de café que había en su despacho y preparó dos vasos de plástico marrones que puso al lado de la cafetera. Era un hombre maduro; aunque de edad indeterminada. Tan pronto podía tener cuarenta años como haber llegado a la cincuentena, pensó Andrés.

—¿Café? —preguntó con voz grave.

—Sí. Gracias.

—¿Con leche?

Andrés asintió con la cabeza, pero no dijo nada. No quería preguntar a riesgo de que no le gustase la respuesta, pero lo cierto es que se sentía incriminado por algo. Por su cabeza pasaron varias hipótesis que explicaran su estancia allí y la peor de ellas era que los responsables del hospital hubiesen hallado, entre las pertenencias de Miguel Ángel Urquijo, algún documento que escarbara en su pasado o en el pasado de los dos. En ese sentido el médico lo había citado para ayudarle, en el mejor de los casos. O para otro fin, eso no podía saberlo aún. Era Andrés muy dado a pensar mal de todo y por su cabeza pasaron las peores de las previsiones.

—Es bastante bueno —dijo el médico, esperando a que

la máquina llenase el primer vaso—. Si no fuera por los cafés no podría aguantar aquí toda la noche. Supongo que a ustedes, que trabajan de noche, les pasará algo parecido —preguntó, sin esperar una respuesta a cambio.

La máquina terminó de llenar uno de los vasos y el médico se lo acercó hasta el sillón junto al que esperaba de pie el policía.

—¿Azúcar?

—Dos terrones —dijo Andrés.

—No tenemos terrones —sonrió el médico—. Aquí el azúcar viene en sobres.

—En ese caso, dos sobres —dijo Andrés, también sonriendo.

—El lunes dieciocho de octubre —dijo el médico mientras se sentaba en la silla de su despacho— ingresó voluntariamente un paciente en este hospital. Pero por favor —clamó mirando a los ojos del policía—, siéntese en el sillón.

Andrés acató y se sentó, sintiéndose incómodo por ello. El doctor levantó la vista y clavó los ojos en el calendario que pendía de la pared. Andrés se fijó en que era un médico educado, culto y sobre todo bien vestido. A pesar de ser más de la una de la madrugada se permitía portar una corbata de colores austeros y su tez mostraba un perfecto afeitado.

—A ese hombre no lo habíamos visto nunca por aquí —siguió hablando el doctor—. Nos dijo que venía de Barcelona, de un pueblo, y su historial médico era realmente alarmante. Lo primero que pensé es que le quedaba muy poco tiempo de vida. Sabe —se sinceró—, con el tiempo uno aprende a ver la muerte en los ojos de los pacientes. Supongo que a usted le pasará lo mismo, ¿no?

Andrés arrugó el entrecejo.

—Bueno, quiero decir que ustedes saben ver si una persona es un delincuente o no con solo mirarle a los ojos.

Andrés no respondió.

El médico sacó un Documento Nacional de Identidad y lo colocó con cuidado sobre la mesa de su despacho. Lo giró para que el policía pudiera ver la fotografía. A pesar de la penumbra y de la falta de visión, Andrés pudo leer el nombre del documento: Miguel Ángel Urquijo Cañas. En la fotografía, digitalizada, apenas era reconocible, pero el policía supo que era el DNI de Miguel Ángel.

—¿Lo conocía?

La pregunta en pasado le recordó al agente que Miguel Ángel había muerto.

—Sí —dijo sosteniendo el café en su mano y buscando acomodarse en el sofá—. Fuimos amigos de la infancia. Nos criamos juntos en un pueblo de la costa catalana. Caldes d'Estrac... ¿lo conoce?

El médico negó con la cabeza. Conocer esa población no parecía ser importante para él.

—Yo no llegué a hablar con él personalmente —dijo el médico—, pero una de las enfermeras me dijo que estuvo preguntando por usted nada más llegar y sobre todo esta tarde, antes de morir. Solamente decía que quería hablar con un policía de Huesca llamado Andrés Hernández Mancilla. —El médico tuvo que leer el nombre del policía en un papel donde lo tenía anotado sobre su mesa—. Aseguró que eran ustedes amigos, según me ha dicho la enfermera que él dijo.

Andrés sorbió el café con leche y siguió escuchando al médico con forzada parsimonia. No sabía si aceptar la amistad de Miguel Ángel Urquijo era bueno para él.

—Como comprenderá no le hicieron caso. No se puede imaginar la cantidad de indigentes que pasan por aquí.

Si tuviéramos que escucharlos a todos terminaríamos por acabar tan locos como ellos. Nos hemos deshumanizado, ¿sabe? —El médico se esforzaba por ser agradable.

El corazón de Andrés crujió achacosamente, pero el médico no se percató de su dolor. Eso es algo que se sufre por dentro. Y su mente retornó a los recuerdos de la infancia, cuando Isabel Cañas, la madre de Miguel Ángel, le dijo por primera vez que su hijo estaba enfermo.

Corría el año 1982 y estaba a punto de terminar el verano. Andrés se había empleado como camarero en un bar de Sant Vicenç de Montalt, justo enfrente de una discoteca de moda a la que rebautizaron como Quattro, después de varios nombres, tantos como dueños tuvo la discoteca. En el bar trabajaba sin contrato, como era normal en esa época, y sin horario. Entraba a las ocho de la mañana y terminaba a la una de la madrugada del día siguiente. Entre cerrar y abrir apenas disponía de siete horas que debía invertir en dormir, pero que realmente las dedicaba a salir con algún amigo que venía a buscarlo, tomar alguna copa y caminar por el paseo marítimo en busca de novias a las que cortejar. A mitad de camino entre el paseo marítimo de Sant Vicenç y el hotel Colón de Caldes d'Estrac vivía la familia de Miguel Ángel. La madre, Isabel, apreciaba mucho a Andrés y siempre lo ponía como ejemplo a imitar ante su hijo.

—Andrés —lo llamó desde el otro lado de la acera.

Andrés iba solo, fumando un cigarro que apuraba con ansiedad, como si fuese el último. Hacía ya dos años que no pasaba por delante de la casa de Miguel Ángel, ante el temor de que lo inmiscuyera en sus asuntos, de los que sabía eran turbios. Miguel Ángel se empezó a juntar con gente poco recomendable y Andrés quiso mantenerse al margen.

—Andrés, Andrés —insistió la señora Isabel.

Al final no pudo evitarla y cruzó la calle hasta llegar enfrente de la casa de Miguel Ángel. La mujer simulaba una efigie gótica plantada inamovible ante el portal de la finca, de la que era cuidadora.

—Mi Miguel está en el hospital —dijo, conteniendo una lágrima que finalmente asomó por su ojo—. Ahora está solo, ya que ni su padre ni su hermana han querido ir a verlo.

Andrés la escuchó sin hacerle mucho caso. La madre de Miguel Ángel era una mujer repetitiva hasta la saciedad, y cuando iniciaba un tema, nunca parecía que fuese a terminar.

—Al pobre... —siguió hablando la mujer— le han echado algo en la bebida, en una discoteca de Arenys de Mar, y está ingresado en el hospital de Mataró. Los médicos no saben lo que tiene. O no lo saben o no lo quieren decir. Ay, ay —se quejó.

Andrés arrugó la frente y arrojó el cigarro que sostenía en sus dedos al suelo. Hacía varios meses que no veía a Miguel Ángel, prácticamente desde que comenzó el verano. Ya no era como en años anteriores, que Miguel Ángel, Eneko y él se juntaban en el paseo marítimo cuando salían de sus respectivos trabajos. Eneko y él se alejaron de Miguel Ángel cuando comenzó a tontear con las drogas. Cuando se juntó con los Crespo y con los Filella y pasaron de los porros de «chocolate» a las drogas más duras. Y pensó que ahora estaría ingresado por alguna enfermedad que cogería en esos garitos que frecuentaba en Arenys de Mar, Mataró o incluso Barcelona. A Miguel Ángel le había perdido la pista en el año 1981, cuando los dos contaban dieciséis años, y no supo nada de él durante el verano siguiente.

—Meningitis —dijo su madre Isabel—. Su padre dice que tiene meningitis. Tú crees lo mala que es la gente de las discotecas, esas adonde va, que le han echado algo en la bebida para que enferme. Ay, ay, ya se lo digo yo muchas veces, no bebas nada en esos sitios que te pueden echar droga.

—Miguel Ángel Urquijo —dijo el médico, sacando de la abstracción a Andrés—, tenía todas las enfermedades que puede tener un drogadicto. Aunque finalmente murió de un enfisema pulmonar. Ese hombre se ha fumado todos los cigarrillos del mundo —sonrió.

El doctor se dio cuenta de que su comentario no había sido gracioso, cuando vio los ojos abiertos del policía.

—Bueno, quiero decir que además de la falta de salud que tenía, sus pulmones estaban totalmente negros —corrigió el comentario anterior—. La muerte ha sido por un enfisema pulmonar.

El médico hizo el ademán de sacar de un cajón el informe de la muerte de Miguel Ángel Urquijo, pero le pareció poco apropiado, ya que pudo constatar, en la mirada del policía, que entre ese hombre que había muerto en el hospital y el agente había algo más que una mera amistad de infancia.

Andrés carraspeó inquieto antes de hablar.

—Bueno, ¿al final le dijo Miguel Ángel a alguien qué es lo que quería de mí?

El doctor arrojó el vaso de su café en una papelera del despacho y volvió a sentarse en la silla con un vigor que le hizo pensar a Andrés que estaba en buena forma física a pesar de la edad que aparentaba.

—No lo sé, y no creo que lo sepa nadie. El droga... —corrigió lo que iba a decir, antes de terminar—, me ha dicho la doctora de guardia que Miguel Ángel solamente hacía que preguntar por usted.

—Y si preguntó por mí, con nombre y apellidos... ¿por qué nadie me avisó?

El doctor bajó la mirada mientras ladeaba la cabeza ligeramente hacia la izquierda; se sentía avergonzado.

—Creo que nadie le hizo caso —justificó—. Mire —siguió hablando—, usted no vio a ese hombre, era un alma en pena a punto de morir. No es que quiera defender la profesionalidad del personal de este hospital, pero un drogadicto moribundo preguntando por un policía... Bueno, nadie le hizo caso.

—¿Nadie?

—Al menos la doctora que lo atendió.

—¿Miguel Ángel le dijo a una doctora que me avisaran y la doctora no le hizo caso? —preguntó el policía elevando ligeramente la voz; estaba tratando de controlar la situación.

El doctor vio que el policía se estaba poniendo a la defensiva.

—La doctora no creyó que ese hombre preguntara por usted en serio.

Andrés arrugó la frente.

—Vamos, que no lo tomó en serio. Seguramente pensó que era un delincuente y quería hablar con usted para pedir ayuda. A veces los delincuentes buscan el favor de los policías a cambio de informaciones que creen que les pueden servir para algo. El caso es que la doctora no pensó en avisarle en ese momento.

—Doctor —dijo Andrés muy serio—. Lo que usted me está diciendo me parece muy grave.

El doctor chasqueó los labios y respiró fuertemente.

—Supongo que en su comisaría no son todos los policías iguales, ¿verdad?

Andrés comprendió lo que el doctor quería decirle: la doctora que atendió a Miguel Ángel era algo especial.

—Pasó de él —dijo Andrés.

El doctor asintió con la cabeza.

—Así es, no creyó a ese hombre y pensó que preguntaba por usted porque le conocía de haberlo detenido con anterioridad. No lo sé, debería hablar usted con la doctora para averiguar más cosas. Es una buena médico —dijo—, y hace su trabajo con profesionalidad, pero en este asunto no actuó correctamente. Quizá no pensó que su amigo fuese a morir y creyó que ya hablaría con usted cuando le dieran el alta. No lo sé de verdad, y lo siento.

Andrés no quiso insistir, percibió que el doctor se estaba empezando a incomodar con su interrogatorio.

—¿Sabe si dejó algo escrito?

—Mmmm —frunció el entrecejo el médico—. No creo que ese hombre estuviera en condiciones de escribir nada. Supongo que hacía años que usted no lo veía y no se puede imaginar el aspecto tan deplorable que tenía actualmente.

—¿No me ha dicho que usted no lo había visto? —preguntó el policía.

—Vivo no —replicó el médico.

Andrés recordó que el informe de la muerte lo hizo él.

—¿Y sus pertenencias?

—Bueno, las tenemos en una caja de cartón abajo, en una habitación que hay a tal efecto al lado de la sala de urgencias. Se las entregaremos a su familia cuando localicemos a alguien.

Y antes de que Andrés pudiera preguntar qué pasaría si no hallaban a nadie, el médico dijo:

—Y si no encontramos a nadie las remitiremos al Juez de Guardia. De eso sabrá usted más que yo —aseveró el médico.

Andrés se había olvidado por unos instantes de que era Policía nacional y que tenía cierta autoridad sobre lo que había ocurrido en el hospital. De hecho, al descartarse la muerte violenta, su actividad en ese sentido radicaba en aprovecharse de los ficheros policiales para localizar a alguien y comunicar el fallecimiento de Miguel Ángel Urquijo. Para el médico, la única persona que conocía al fallecido era ese policía por el que preguntaba incesantemente, y por eso esperaba que él se hiciese cargo del asunto.

Andrés Hernández buscó, con la mirada, encima de la mesa del despacho algún rótulo donde dijese el nombre del médico. Pero como no era un consultorio, ni un despacho de atención al público, la mesa estaba despejada y tan solo había un puñado de papeles grapados en una esquina.

—Mire, doctor... —se detuvo esperando a que el médico le dijera su nombre.

—... doctor Ferragut —dijo el médico.

—Sí, bien. Mire, doctor Ferragut, cómo se lo diría. Bueno... ¿Existe alguna posibilidad de que pueda ver las pertenencias de Miguel Ángel Urquijo?

—¿Como policía?

—Ahí quería llegar. No es un asunto oficial, pero me gustaría husmear en las pertenencias para ver si consigo alguna dirección o algún teléfono para localizar a alguien de su familia.

—¿Sabe si sus padres viven?

El policía se encogió de hombros.

—Pues..., la verdad, sus padres están muertos. Tiene

una hermana, Isabel, pero creo que se fue a vivir al extranjero y no sé cómo la podría localizar. Se casó, de eso estoy seguro, pero a ella hace muchos años que no la veo. Pero podría intentarlo. Aunque cualquier gestión la tendré que hacer mañana por la mañana; ahora es demasiado tarde para encontrar a alguien. Mañana me pondré en contacto con el ayuntamiento de Mataró y trataré de localizar a su hermana.

—¿Mujer?

—Mmmm, no creo. Novias sí, pero pareja estable no creo que tuviera Miguel Ángel.

—¿Hijos? —preguntó el médico esta vez; aunque ya sabía la respuesta.

—Ya le digo que le perdí la pista los últimos años, pero me aventuraría a decir que no.

—Bueno —dijo finalmente el doctor Ferragut—. Vamos abajo a ver esa caja de cartón.

El doctor Ferragut accedió a los deseos del policía. En cierta forma se sentía responsable de la doctora que no le avisó cuando Miguel Ángel preguntó por él.

El médico cerró la puerta de su despacho con llave y los dos hombres circularon por el pasillo hasta llegar al ascensor. Mientras descendían a la planta principal, a Andrés le dio por pensar en la banalidad humana.

«Toda una vida contenida en una caja de cartón», pensó.

5

En la comisaría provincial de Huesca, los compañeros de Andrés habían terminado de cenar. Iván devoró con fruición el bocadillo, mientras que Lisandro cambiaba con rapidez los canales de la sencilla televisión que había en la Sala del 091. Al final, el veterano policía optó por no ir al hospital. Pensó que Andrés ya les llamaría en el caso de necesitar algo de ellos.

—No sabemos nada de Andrés —dijo Diana, mirando al mismo tiempo la emisora de la Policía y los dos teléfonos de la Sala, como si tuvieran que sonar todos a la vez. La chica estaba impaciente por que hubiese un poco de acción.

—Déjalo tranquilo —dijo Lisandro—. A Andrés le gusta mucho el palique y seguro que estará hablando con las enfermeras del hospital San Jorge. Además —añadió—, allí hay un vigilante de seguridad muy pesado que se le habrá enganchado como una lapa y no dejará de contarle batallas.

—¿Le llamamos? —insistió Diana.

—Mucho te preocupas tú por él —dijo Iván, maliciosamente.

La chica arrugó la frente. Lisandro la miró libidinoso,

al veterano policía le hubiera gustado que una chica como aquella se preocupara por él de la misma manera que lo hacía por Andrés.

—No me preocupo por él —se defendió Diana—. Pero para un día que hay algo de acción en esta aburrida plantilla —dijo refiriéndose a la comisaría de Huesca—, nosotros estamos aquí tocándonos los... —La chica no terminó la frase.

Mientras, Iván se quedó embobado mirando un canal de la televisión privada donde una recauchutada mujer madura animaba a los telespectadores a averiguar una combinación de números, en principio sencilla. Pero, se dijo Iván, no debía de ser tan fácil, cuando nadie de los que llamaba daba con esa combinación.

La policía de prácticas siguió preguntándose dónde estaba Andrés y qué razón tendría para salir corriendo dirección al hospital provincial. Mientras lo hacía sus recuerdos la traicionaron y rememoró cómo antes de entrar en la Policía tuvo una relación pasajera con un hombre maduro, algo mayor que Andrés.

Desde siempre Diana había sentido una fuerte animadversión hacia los hombres maduros, que sobrepasaban la cuarentena, por algo que le ocurrió cuando tenía trece años y también desde que era más pequeña por el trato que esos hombres brindaron a su madre. Su madre solamente tenía relaciones con ellos y Diana los oía gimotear desde su habitación. Esos hombres suspiraban mientras hacían el amor a su madre. Pero la chiquilla nunca vio a su madre feliz con ellos. Los hombres maduros siempre están casados, y para una mujer como su madre era una garantía de no continuidad. Su vida sentimental se ceñía a escuetas relaciones con hombres casados. Y Diana no soportaba las infidelidades. No comprendía cómo las esposas de esos hombres podían tolerar que ellos estuvieran con otras mujeres.

En aquel tiempo Diana estaba trabajando en un bar de la costa catalana, en Arenys de Mar. Era un bar de copas, enclavado en medio de dos discotecas y muy cerca del paseo marítimo. Entre los clientes fijos había un hombre de unos cincuenta años, la chica nunca le preguntó la edad, que venía prácticamente cada día, siempre entre semana. Era un hombre solitario, de pocas palabras y mirada triste. Entre el lunes y el jueves el trabajo para las camareras del bar Mir, así se llamaba el garito, era muy poco, ya que apenas lo frecuentaban lugareños ávidos de emociones con chicas jóvenes que les servían una copa detrás de otra y que solo se conformaban con decirles cosas bonitas y algún arrumaco que otro, pero sin llegar a más. La licencia del local era como bar de copas; aunque los dueños sabían que alguna de las chicas se prostituía, pero siempre de puertas afuera; aunque utilizara el bar como medio de contacto. Las chicas quedaban con esos hombres en una pensión próxima, en la calle D'Amunt, y allí, previo pago de unos euros, utilizaban una habitación como picadero. La Guardia Civil, cuyo cuartel estaba próximo, hacía la vista gorda, y los agentes, algunos de ellos clientes del Mir, nunca dijeron nada a los dueños sobre la presunta prostitución de alguna de las chicas de su bar.

Diana se había enamorado de Dionisio Plazas. Se enamoró de su entereza, de sus ojos tristes, de su compostura, pero lo que más atrajo a la chica era el trato correcto que siempre demostró hacia ella. Ni una palabra más alta que otra. La cortesía de Dionisio siempre fue intachable y nunca le dijo a Diana que quisiera mantener una relación sexual con ella. Fue correcto y comedido en las eternas noches de ese invierno que trabajó allí, cuando a las tres de la mañana solamente quedaban en la barra los dos. Entonces, la chica aprovechaba para salir fuera de su encierro entre botellas de alcohol y un lavavajillas ruinoso y se sentaba al lado de aquel hombre distinto a todos los que había conocido hasta entonces. Se enamoró de sus palabras, de su inteligencia, el único hasta entonces que la trató como una persona y no como un objeto de deseo.

Y al «qué haces cuando termines de trabajar», llegó el «no tengo planes». Y al «podíamos vernos en otro lugar», ella dijo «sí». Y durante los días siguientes a ese invierno húmedo y solapado la pareja quedó en una casa que él tenía en la localidad vecina de Sant Vicenç de Montalt. Ella le preguntó si estaba casado, algo normal entre los clientes del Mir. Él le dijo que no, y hasta pareció ofenderse por la insistencia de Diana. Pero la chica sabía que un hombre de cincuenta años, que frecuenta un bar de alterne, siempre es un hombre casado. Lo sabía, aunque nunca quiso admitirlo.

Diana sabía por experiencia que los hombres jóvenes no disponen de la paciencia que ella demandaba. Eran bruscos y únicamente buscaban su propia satisfacción. Las relaciones que tuvo Diana con ellos fueron dolorosas. Los jóvenes de su edad la masturbaban con prisas y siempre le pedían felaciones que luego ellos no sabían agradecer. Por eso ella se conservó virgen hasta que conoció al hombre del Mir, porque ningún joven de su edad era digno de poseerla como ella merecía. Las relaciones con esos chicos se destinaban únicamente a masturbarse mutuamente, algo que ellos tampoco sabían hacer. Pero ese hombre, Dionisio Plazas, era cuidadoso y la hizo gozar como nunca lo hizo ningún hombre antes. Le entregó su virginidad y estalló de placer cuando él sumergía su boca en su sexo y le acariciaba los pechos. Podían estar horas abrazados con su miembro erecto dentro de ella mientras le besaba el cuello y le mordisqueaba los hombros. Sus manos fuertes, pero suaves al mismo tiempo, le acariciaban la espalda mientras ella se deshacía.

Estaba la joven policía en prácticas pensando en sus recuerdos cuando la distrajo de sopetón Lisandro con un grito estruendoso. La chica se despertó de golpe y vio como el maduro policía e Iván se reían. En la televisión seguían emitiendo el programa de «juegue y gane dinero» y un telespectador había llamado solicitándole a la ajada presentadora que mostrara sus pechos, o al menos uno de ellos. Ella, ni corta ni perezosa, bajó levemente el suéter de lentejuelas y dejó a la vista de la cámara un pezón negro y enorme, parecido a una moneda de cincuenta pesetas de las de antes, que se hubiera chamuscado en una hoguera.

—Será guarra —dijo Lisandro riendo.

—Eso ya está pactado —replicó Iván, el chico de prácticas—. Lo hacen para incrementar la audiencia.

Diana miró la televisión, pero no compartió las risas de sus compañeros, su mente seguía estancada en la preocupación por Andrés y esperaba recibir pronto noticias desde el hospital provincial. Tenía una enorme curiosidad por saber quién era ese hombre que había venido a morir a Huesca y qué relación tenía con Andrés. La intriga de la chica se debía a que esos dos amigos de la infancia habían vivido cerca del mismo sitio de donde ella venía huyendo.

Y a pesar de desearlo con ahínco, la emisora de la Sala del 091 y los teléfonos seguían mudos.

En el hospital, el doctor Ferragut y Andrés habían llegado hasta una habitación contigua a la sala de urgencias. El médico extrajo un manojo de llaves de un mosquetón enganchado a su cinturón y, tras probar dos llaves, con el tercer intento abrió la puerta. Allí había apiladas varias cajas de cartón, descolocadas en una estantería de hierro, que se había empezado a doblar por el exceso de peso. No supo por qué, pero Andrés clavó sus ojos sobre una caja que había solitaria en la parte más cercana a la puerta de entrada e intuyó que esa caja era la de Miguel Ángel.

—Es esta —dijo el médico.

El vigilante de seguridad asomó la cabeza por la puerta. Sus ojos acuciaban el cansancio de la noche.

—¿Todo bien? —preguntó solícitamente.

—Está bien, Juan —replicó el doctor.

Para Andrés, el hecho de que el médico llamara al vigilante por su nombre indicaba que aquel llevaba trabajando tiempo en el hospital. El policía se alegró de que el celador no entrara en el cuarto, la habitación era muy pequeña y el olor a rancio se expandiría con rapidez por el interior.

—¿Puedo coger la caja? —preguntó cuando se hubo alejado el vigilante.

—Por supuesto —dijo el médico.

Andrés Hernández sacó la caja de cartón de la estantería y la puso encima de una mesa metálica, oxidada por las esquinas. El peso le indicó que había pocos efectos en su interior. Deslió la precaria cinta aislante que protegía las solapas y la abrió de par en par.

En su interior había varios efectos personales de Miguel Ángel: dos paquetes de tabaco arrugados, una cartera deslucida de piel cuarteada, un mechero, una cadena de oro con un medallón de la Virgen María, un bolígrafo mordido, unas gafas de leer con una patilla rota, un puñado de euros en moneda fraccionada y un billete de veinte euros arrugado, un reloj automático que se había parado, varias pulseras de cuero deshiladas y un porro a medio fumar.

—Es todo lo que llevaba encima —dijo el médico—. Falta su documento de identidad que he dejado encima de la mesa de mi despacho.

—¿No tenía teléfono móvil?

—No —negó el médico—. Al menos que yo sepa, pero bueno, de tenerlo debería estar aquí, con sus cosas.

El policía pensó en lo extraño e inusual que era alguien sin teléfono móvil.

Andrés cogió la cartera y la abrió con meticulosidad. En su interior había varios papeles arrugados y algunos amarillentos, lo que indicaba que hacía tiempo que estaban dentro de esa cartera. Dentro del billetero halló un puñado de fotografías, que puso con cuidado sobre la mesa de metal. Una de la Virgen, un cristo en la cruz, una de su madre sola, otra de su hermana cuando era pequeña, otra de una chica muy guapa, que seguramente debía de ser alguna de sus últimas novias, y varias fotografías más de él, de Miguel Ángel, con diversas personas. Todas esas personas, por el aspecto, eran compañeros de presidio y de tropelías. En una de las fotos reconoció la prisión Modelo de Barcelona detrás, seguramente se la había hecho a la salida de un permiso carcelario.

—¿Los conoce? —le preguntó el médico.

—A casi todos —mintió, volviendo a meter las fotografías en la cartera y evitando dar más explicaciones—. Esta —mostró la de su madre y la de su hermana— es su familia; aunque son fotos muy antiguas. Y esta —dijo enseñando la de la chica joven— no sé quién es, pero debió de ser alguien muy importante para él. ¿Me la puedo quedar? Intentaré saber quién es.

—Por supuesto —dijo el médico—. Es usted policía... ¿no? El cuerpo está en el tanatorio municipal y previsiblemente el forense le hará la autopsia mañana, el viernes lo más tardar. Es necesario localizar a alguien de su familia para que se haga cargo del sepelio.

Andrés metió todos los efectos en la caja de cartón, a excepción del porro. Se lo aproximó a la nariz y lo olió.

—Marihuana —dijo—. Nunca pudo dejar de fumar.

Los recuerdos del veterano policía se anclaron en el verano de 1979; entonces, Miguel Ángel Urquijo y él tenían catorce años de edad. Ambos habían terminado la Enseñanza General Básica (EGB) en el Colegio Sagrada Familia de Caldes d'Estrac. Miguel Ángel suspendió casi todo y se fue a Mataró a estudiar Formación Profesional en el instituto Miquel Biada. Andrés aprobó la EGB con notable y se matriculó en primero de BUP en el instituto Alexandre Satorras, de Mataró también. Quizá fue ahí cuando los dos se empezaron a distanciar. El grupo de amigos al completo había quedado en el espigón de la playa de Caldes d'Estrac donde quedaban con asiduidad por la noche. Allí estaban Miguel Ángel, Eneko, Filella, Luisito, Tito, Crespo, Rafel, entre otros. A Luisito le había prohibido la madre de Andrés que se juntara con él. «Ese chico no me gusta», le había dicho en más de una ocasión. Pero Luisito y Miguel Ángel se habían hecho muy buenos amigos y Andrés no podía separarlos, ni separarse de ellos.

Esa tarde, que coincidieron todos, Andrés había sido el último en llegar, ya que llevaba dos veranos trabajando en un bar del Paseo Marítimo, el Kims, frente al Hotel Colón. La luz del día comenzaba a irse y los rayos de la luna se reflejaban en el horizonte marino de la playa de Caldes d'Estrac. Nada más llegar Andrés sacó dos paquetes de Winston que había cogido en el bar en connivencia con dos camareros de Santa Coloma de Gramanet, con los que se confabuló para robar tabaco con un sistema ideado por el propio Andrés. El procedimiento era muy sencillo, el bar tenía tres plantas: sótano, bar (en la planta calle) y restaurante en la última planta. En el sótano se almacenaban las bebidas y había dos congeladores enormes y una nevera tan grande que se podían meter varias personas a la vez en su interior. Lo que hacían los camareros era repartirse al mismo tiempo uno en cada planta y colocarse ante la puerta del montacargas. El tabaco estaba en el restaurante, en la tercera planta. Andrés, que se situaba en la última planta, metía un cartón de diez paquetes de Winston en el montacargas y daba dos golpes en la puerta. Desde el sótano era llamado el montacargas por uno de los compinches, vigilando el tercero que nadie abriera la puerta que daba al bar, en la planta calle, y viera el tabaco. Una vez tenían el cartón de Winston en la bodega, allí era sencillo hacer el reparto ocultos, sin que nadie les viera. Los paquetes los repartían quedándose cuatro Andrés, que era el ideólogo del plan de robo, y los otros camareros se quedaban tres cada uno.

Cuando Andrés llegó al espigón sabía que sus amigos aceptarían un cigarrillo rubio sin rechistar ni preguntar cómo había conseguido los paquetes. En el año 1979 fumar Winston estaba vedado a la mayoría de jóvenes y solamente podían hacerlo personas con recursos económicos. El tabaco habitual era Bisonte, Sombra, Ducados o Celtas. Pero el Winston era demasiado selecto y caro para que lo pudiera fumar un chico de catorce años. Al mostrar el paquete Andrés, Luisito le pidió un cigarro y él se lo dio enseguida. Andrés se fijó en que Luisito sostenía en la palma de su mano izquierda una tira de color marrón y supo que aquello era droga. La había visto en otras ocasiones a algún cliente en la terraza del bar donde trabajaba. Sobre todo a unos chicos de Barcelona que se arrinconaban en la parte más alejada de la puerta de acceso y allí se fumaban los porros sin que nadie les dijese nada y ante la mirada impasible del dueño del bar que no les recriminaba su actitud. Pero aquellos eran unos pijos de Barcelona y esos chicos que había allí, en ese espigón, eran sus amigos de la infancia. Nunca antes los había visto fumar canutos, ni se imaginó que eso fuese algo normal para ellos.

—Hazlo bien grande —animó Miguel Ángel a Luisito.

Luisito era extremadamente delgado y nervudo. Muy moreno de piel, casi agitanado, pero sin llegar a serlo. Sus padres vivían en una casa vieja en la parte alta de la riera de Caldes d'Estrac. Tenía una hermana un par de años mayor que él, muy guapa, que se había puesto novia con un chico que trabajaba de pescador en Arenys de Mar.

—Me llega para dos —dijo Luisito, mientras resbalaba sus dedos sobre el papel de fumar arrugado que sostenía en su mano derecha.

Luisito encendió el mechero varias veces y deshizo la tira de hachís que sostenía en su mano izquierda. La brisa marina dificultaba que la llama se mantuviera encendida.

Cuando hubo terminado, fue Rafel el que sugirió que la primera calada fuera para Andrés, ya que había sido él el que aportó el cigarro necesario para hacer el porro.

—Andrés el primero —dijo.

Y fue la primera vez que Andrés le dio una calada a un porro de hachís.

—Puede tirar la marihuana aquí —le dijo el médico al policía, distrayéndolo de sus pensamientos.

Andrés se despertó como de un mal sueño. Encima de la mesa metálica había la caja de cartón y en su mano sostenía la fotografía de esa desconocida que llevaba Miguel Ángel en su cartera.

El veterano policía cogió el porro deshecho que había dejado encima de la mesa y lo arrojó a la papelera.

—¿Está de servicio la doctora que habló con él cuando llegó? —preguntó al médico.

El médico se encogió de hombros. Andrés supo que no le había entendido.

—Si puedo hablar con la doctora que lo atendió. Antes me ha dicho que usted no habló con Miguel Ángel, pero que lo hizo una doctora a la que preguntó por mí. ¿Está ahora esa doctora? —repitió.

—Oh, sí, claro. Es Azucena, la jefa de la planta dos que hoy está de guardia. Es la que estuvo el lunes por la mañana hablando con su amigo. Vamos a la entrada de urgencias, si no hay mucho trabajo podrá hablar un momento con usted.

Los dos, médico y policía, recorrieron el largo pasillo, por en medio de las habitaciones de los enfermos, hasta llegar a la entrada, donde estaban los enfermeros y médicos de guardia.

—No la entretenga mucho —aconsejó el doctor—. A estas horas tenemos demasiado trabajo y el personal suele estar muy irascible.

Andrés lo tranquilizó con la mirada.

—Solo será un momento —dijo.

6

Justo al lado de la entrada principal de la Sala de Urgencias del hospital, había un mostrador donde el personal de guardia se repartía la asistencia a los enfermos y heridos. El trasiego era constante y no cuadraba con la poca actividad de una ciudad como Huesca, y mucho menos la madrugada de un jueves de octubre.

—El servicio de urgencias siempre está colapsado —dijo el médico—. La gente requiere celeridad, y más cuando se trata de asuntos médicos, así que utilizan las urgencias para todo. Figúrese —le comentó al policía—, hay enfermos aquí que solo tienen un simple resfriado y son capaces de aguantar todo el día a base de ibuprofeno, para luego venir por la noche a que les atiendan rápido. Las urgencias del hospital se han convertido en un médico de cabecera permanente y rápido. Nadie, absolutamente nadie de los que hay aquí hoy es un enfermo grave, de los que requieren una asistencia de urgencias.

Andrés se encogió de hombros ya que lo que el médico le estaba contando no era de su incumbencia. A su mente llegó el recuerdo de la anciana que le pidió ayuda al entrar y que el vigilante le dijo que estaba como un cencerro. «Estos están más jodidos que nosotros», pensó comparando la labor de la Policía con la de los médicos.

—Doctora —dijo cuando pasó delante de ellos una mujer de unos cincuenta años, con el pelo lacio y rubio y con unos rasgos faciales muy atractivos—. El agente quiere información sobre el hombre que ingresó el lunes, el tal Miguel Ángel Urquijo.

Andrés se fijó en la doctora. Era delgada y muy alta para ser mujer. Su figura demostraba que practicaba deporte con regularidad, la mujer andaba erguida y desprendía dinamismo en cada movimiento. El veterano policía pensó que de joven tuvo que ser muy guapa. A pesar de su edad, sus facciones eran hermosas.

—Azucena le dará las explicaciones que necesite sobre lo que hemos hablado antes. —El doctor le guiñó un ojo a Andrés.

—¿De qué se trata? —preguntó la doctora algo molesta.

Andrés carraspeó antes de hablar.

—Es sobre Miguel Ángel Urquijo —dijo—. Me ha dicho el doctor que preguntó por mí en el momento de ser ingresado.

—¿Es usted Andrés...?

—Hernández —terminó la frase el policía.

—Ah, sí, Andrés Hernández. ¿Es usted?

—Sí.

—Vaya —dijo la doctora—. Ese hombre preguntó por usted desesperadamente.

—¿Ingresó el lunes? —Andrés sabía de sobra la fecha de ingreso, pero hizo esa pregunta para poder iniciar una conversación con la doctora.

—Ingresó el lunes casi al mediodía —dijo la doctora—. El hombre estaba muy enfermo. De hecho murió dos días después. No pudimos hacer nada por salvarle la vida —dijo, como si quisiera excusarse por su muerte.

Andrés se preguntó si lo hubieran tratado de igual forma en el caso de que Miguel Ángel fuese un rico empresario. No terminó de hacerse esa pregunta cuando su mente procesó la respuesta: «Seguramente no.»

—Nada más ingresar en aquella habitación —señaló la doctora una de las últimas habitaciones con la mano— preguntó por usted.

—¿Qué dijo exactamente?

—Tengo que hablar con Andrés Hernández...

—Mancilla —dijo el doctor Ferragut.

—Sí, Andrés Hernández Mancilla —completó la frase la doctora.

—¿Así, tal cual? —preguntó Andrés.

—Sí, sí. Al principio no sabíamos por quién preguntaba, pero luego dijo que era un policía de Huesca. «Andrés es policía», dijo en varias ocasiones.

—¿Le dijo por qué me buscaba?

—No lo recuerdo.

Andrés pensó que no le hicieron ningún caso. Nadie hace caso a los pobres, a los viejos, a los enfermos y a los yonquis.

—Quería verle para contarle algo —dijo la doctora.

—¿Eso lo dijo él o lo supone usted?

—¿Me está interrogando, agente?

La doctora se puso a la defensiva y el médico de guardia tuvo que mediar entre los dos.

—Vamos, vamos, no es un interrogatorio, doctora. El agente es amigo del fallecido y solamente quiere saber qué es lo que buscaba cuando preguntaba por él. Entienda que está muy afectado.

Andrés pensó que no necesitaba ayuda dialéctica del médico.

—¿Amigo, no? —dijo con un atisbo de retintín la doctora.

La doctora pensó si el interés del policía por ese yonqui sería el mismo si no se conocieran.

—Sí, un amigo de la infancia al que hacía muchos años que no veía y que nunca, que yo sepa, había estado en Huesca. Por eso estoy tan interesado, por saber qué quería de mí.

—Pues si fuese tan amigo suyo le hubiera llamado por teléfono, ¿no?

Andrés dejó de ver guapa a la doctora, ahora le parecía una mujer despreciable.

—Estamos cansados de trabajar de noche —justificó el médico el comportamiento de la doctora—. ¿Sabe cuántos enfermos pasan por aquí cada día? Esto es una locura.

Andrés no respondió. La guerra de los médicos y enfermeros no iba con él. Ni siquiera le importaba que tuvieran mucho trabajo o que fuera tarde. Al policía le habían dejado de importar los problemas de esos médicos.

—Entonces —quiso ser amable con la doctora—, ¿no le dijo qué quería de mí?

—No, no dijo nada, solamente que quería hablar con usted para contarle algo o para preguntarle algo.

—¿Contar y preguntar no es lo mismo?

—Supongo que usted piensa que soy una mala pécora que trato de justificar mi pasividad ante un drogadicto que preguntaba por un policía.

Andrés balanceó la mano tratando de apaciguar a la doctora.

—Yo no he dicho eso.

—No hace falta que lo diga, agente.

Andrés pensó que por las palabras de la doctora parecía que el médico ya la había puesto sobre aviso acerca de sus intenciones.

—Lo que me interesa ahora es saber qué buscaba.

—Tenemos mucho trabajo, agente. Por aquí pasan cientos de enfermos, desahuciados, ancianos, drogadictos. Cada día tenemos que atender a muchas personas, cada cual con un problema distinto. Su amigo era un yonqui y como tal lo traté. Sí que es cierto que preguntó por un policía, pero ya sabe cómo es esa gente, siempre andan preguntando por policías, por jueces... Creí que buscaba sacar algún tipo de rédito. No le di importancia, para qué le voy a engañar. Supuse que no era urgente y cuando le diéramos el alta ya iría a verle.

Andrés pensó que la doctora no hizo bien su trabajo, podría haber comunicado a la dirección del hospital que Miguel Ángel buscaba a un policía.

—¿Y si me buscaba para darme una información de vital importancia, ha pensado en eso?

—Mire, agente, tengo mucho trabajo, ya se lo he dicho antes. Si supiera algo más se lo diría. Siento mucho lo de su amigo de la infancia y que haya muerto así, pero con ese hombre apenas intercalé cuatro palabras. Si me disculpa —dijo comenzando a caminar en dirección a las habitaciones de la sala de urgencias.

El policía asintió con la cabeza.

—Gracias de todas formas. Supongo que él —dijo Andrés, refiriéndose a Miguel Ángel— tampoco sabía qué venía buscando.

La doctora desapareció dentro de una de las habitaciones de la sala de urgencias y en la entrada se quedaron solos el médico y el policía.

—Ya le digo que tenemos mucho trabajo y la doctora lleva casi toda la semana doblando, hay muchos enfermeros y médicos de baja.

Andrés sonrió. Le parecía un juego de palabras lo de «médicos de baja».

—¿Sabe si Miguel Ángel habló con alguien más?

—Es posible que lo hubiera hecho con el vigilante —respondió el médico—. Los vigilantes hablan con todo el mundo.

—¿El que está hoy?

—No, no. Los vigilantes tienen un horario distinto al nuestro. Por la mañana y la tarde entra el mismo, y por la noche es otro. Juan lleva toda la semana de noche —dijo refiriéndose al vigilante que estaba allí, al fondo del pasillo, entretenido hablando con una enfermera.

—¿A qué hora entra el de mañana?

—Desconozco el horario, agente —replicó el doctor, un poco molesto por la pregunta—, no es de mi competencia, pero él se lo podrá decir. —Señaló al vigilante con la barbilla.

—Bueno, muchas gracias por todo y disculpe las molestias —se despidió con cortesía Andrés.

—Le ruego que disculpe a la doctora. Yo tampoco sé por qué no avisó que su amigo le buscaba. No lo sé, la verdad. Seguramente no lo relacionó por su profesión de policía y pensaba que le buscaba como un particular. Ustedes también deben tener su vida privada cuando se quitan el uniforme, ¿no? —dijo el doctor antes de encaminarse hacia el ascensor.

El médico parecía sincero y Andrés aceptó sus disculpas. Ahora no tenía sentido recriminar a la doctora el que no le hubiesen localizado cuando Miguel Ángel lo solicitó.

El policía se acercó hasta el vigilante, que seguía enfrascado hablando con una enfermera.

—Hola —dijo interrumpiendo la conversación.

El vigilante se giró y lo saludó amigablemente.

—¿Qué tal? ¿Ha podido averiguar algo más?

—No mucho —se quejó Andrés—. La única doctora

que habló con mi amigo no me ha podido decir nada. ¿Sabe si su compañero de la mañana habló con Miguel Ángel?

—¿Miguel Ángel? —preguntó el vigilante.

—Sí, el yonqui que murió esta tarde —dijo Andrés para refrescarle la memoria.

—¿Carlitos? Ese seguro que habló con él. Carlitos es una cotorra —dijo soltando una risotada enorme.

—¿Es el vigilante que está por las mañanas?

—Carlitos es el vigilante por *autonomasia* —Andrés no le corrigió cuando dijo «autonomasia» en vez de «antonomasia», pensó que para ser un vigilante de seguridad bastante esfuerzo hacía por hablar bien—. Carlitos está aquí todo el día. El pobre se aburre y no sabe qué hacer. Si se espera no tardará en venir. Cada noche, sobre esta hora, viene a tomar un café conmigo. Ya verá como le gustará. Cuenta unos chistes para morirse de la risa.

—Estoy seguro de ello —dijo Andrés quedamente—. Salgo un momento a la calle —se excusó—. Si viene su compañero me avisa, quiero preguntarle si estuvo hablando con Miguel Ángel.

El vigilante alzó el pulgar de la mano derecha en señal de conchabanza y Andrés salió a la puerta del hospital. Quería sentarse en el coche de policía y avisar a comisaría de que tardaría un rato en regresar, para que no se preocuparan por él.

Una vez en el coche blasfemó en voz baja.

—Puta mierda —dijo.

7

El teléfono móvil de Andrés Hernández vibró en su bolsillo, justo en el momento en que se sentaba en el coche de policía. Andrés vio que era una llamada de número oculto.

—De comisaría —murmuró.

Al descolgar reconoció la voz de Diana, la chica de prácticas.

—¿Va todo bien por ahí, Andrés? —dijo contenta.

—Sí, sí —replicó con torpeza—. Aún estoy en el hospital recabando datos sobre Miguel Ángel, no tardaré mucho en regresar. ¿Ya has cenado?

—Todavía no —dijo ella—. Estoy intrigada por saber qué ocurre ahí en el hospital.

—Aquí no ocurre nada —dijo con desdén Andrés.

—Vaya —lamentó Diana—. Para un día que ocurre algo interesante y me lo pierdo.

—Oye, mira los antecedentes policiales de Miguel Ángel Urquijo Cañas —le solicitó Andrés, ignorando el comentario de Diana, mientras metía la llave en el contacto del vehículo policial para arrancarlo; estaba refrescando y quería activar la calefacción.

Diana ya los había mirado anteriormente cuando se lo dijo Lisandro, pero no quería que Andrés pensara que eran unos chismosos que indagaban en las tropelías de un amigo de su infancia.

—Enseguida te los preparo —dijo—. ¿Quieres que te llame para darte la información cuando la tenga?

—No, no. Enseguida termino aquí en el hospital y voy para base. Llegaré en unos minutos, solo me queda una gestión más.

—¿Has averiguado algo?

—Ya te contaré, ya te contaré cuando llegue. —Andrés no tenía ganas de hablar por teléfono.

—Vale —asintió Diana—. Te preparo los antecedentes de tu amigo. Si necesitas algo tengo a la patrulla aquí, están cenando.

—No es necesario, gracias. Deja que cenen tranquilos, que luego la noche es muy larga.

—Hasta lueguito —dijo Diana antes de colgar.

La frase de despedida de Diana le hizo dar un respingo.

—Hasta lueguito —repitió en voz baja—. Qué jodía la tía.

Andrés Hernández se quedó sentado en el coche, escuchando el ronroneo del motor del Citroën, mientras en su mente afloró el recuerdo de la conversación con Miguel Ángel, un día que los dos coincidieron en el tren que circulaba entre Barcelona y Mataró. Eran las Navidades de 1994 y Miguel Ángel salió de permiso especial de la prisión Modelo de Barcelona. Por aquel entonces ambos contaban veintinueve años, Andrés llevaba unos años en la Policía nacional y Miguel Ángel parecía que iba a enderezar su vida, finalmente. En el tren viajaba Miguel Ángel acompañado de una mujer mayor, que Andrés reconoció enseguida; era la madre de Luisito.

—Andrés —lo llamó Miguel Ángel desde su asiento.

Andrés los había visto a los dos nada más subir al tren, pero ni siquiera entró en el compartimento y se quedó al lado de la puerta del baño. No le apetecía hablar con ellos y además supuso que vendrían de la cárcel de visitar a Luisito.

—Andrés, estamos aquí —insistió Miguel Ángel, levantándose de su asiento y acercándose hasta él.

—Hola, Miguel Ángel —saludó quedamente—. No te había visto —mintió.

—Estoy allí con la madre de Luisito —dijo señalando a la anciana con la mano—. ¿No te has enterado, verdad? Venimos del tanatorio del Valle Hebrón. Luisito ha muerto.

En esos instantes pasaron por la mente de Andrés los recuerdos de la infancia, cuando todo el grupo de amigos quedaban en el espigón de Caldes d'Estrac o iban juntos al cine de Mataró. Luisito fue de los últimos en sucumbir. Antes lo habían hecho Crespo y Rafel, los dos por sobredosis.

—¿Sobredosis? —le preguntó Andrés, antes de entrar en el compartimento donde estaba la madre de Luisito.

—No, no, tío. Se ha suicidado en un piso de Barcelona.

—¿Suicidado?

—Sí, sí. No pudo más. No soportó la muerte de Fany. No soportó el acoso de la Policía. No lo soportó y se ahorcó.

Morir ahorcado era de las peores muertes que Andrés podía imaginar. Se acordó de Fany, una esplendorosa chica de mirada aniñada con la que Luisito se hacía acompañar las últimas veces que lo vieron pulular por Caldes d'Estrac. Luisito tenía dos años más que ellos y siempre fue el que tiró del grupo. Andrés se acordó de cómo cuando estaban terminando la EGB ya venía el Land Rover de la Guardia Civil al colegio buscándolo. Entonces, eso era un símbolo de liderazgo. Todos admiraban a Luisito. En el año 1979 ser perseguido por la Benemérita era motivo de orgullo para el entorno de chavales. La Guardia Civil representaba la opresión y el miedo.

—Ven, su madre está destrozada —le dijo Miguel Ángel.

El vagón del tren estaba lleno de gente. La madre de Luisito permanecía sentada con el carro de la compra, que siempre la acompañaba, entre las piernas. Andrés la saludó con cortesía. La mujer se acordaba de él.

—La muerte se lo ha llevado —dijo sin apartar la vista de la ventanilla.

—Lo siento —le dijo Andrés mirando de reojo a Miguel Ángel—. Era un buen chico.

—Sí que lo era —musitó ella sin quitar la vista del paisaje.

—Ven, vamos a echar un cigarro —le dijo Miguel Ángel a Andrés.

En el año 1994 aún se podía fumar en el tren, pero se utilizaba la antesala al vagón para fumar, al lado del baño. La velocidad del convoy no era suficiente como para impedir que alguna ventana estuviese abierta y ventilara el compartimiento.

—¿Y tú qué tal vas? —le preguntó Andrés.

Miguel Ángel apuraba los cigarros hasta la colilla. Fumaba como si fuese un porro.

—Estoy limpio —dijo—. Tengo permiso de Navidad y a partir de febrero ya no tendré que regresar a la Modelo. Hace un par de meses coincidí en la cárcel con Javier de la Rosa, el empresario de las torres Kio —dijo arrojando el cigarro por la ventana—. Tío, fue una pasada, le hicieron una foto en su celda comiendo un bocadillo y los pies que aparecen en primer plano son los míos.

Andrés Hernández se acordó de la frase de Andy Warhol de que todo el mundo tiene derecho a cinco minutos de fama. Quizá, aquella fotografía compartiendo celda con Javier de la Rosa, fueron los cinco minutos de fama de Miguel Ángel.

—Ahora tengo novia formal —le dijo Miguel Ángel—. Estoy formando una familia y ya no puedo hacer tonterías.

—Eso está bien —le dijo Andrés.

—¿Y qué es de tu vida? Supongo que sigues en la Policía.

—Así es —respondió Andrés—. Estoy pendiente de un traslado a Huesca.

—¿Huesca? Joder, tío, allí hace un frío que te cagas.

—Donde hace frío es en Jaca —repuso Andrés.

El vigilante de seguridad del hospital San Jorge aporreó levemente la ventana del coche de policía.

—¿Está bien, agente?

Andrés se abstrajo de sus pensamientos y regresó a la realidad.

—Sí, sí, todo bien —dijo.

—Acaba de llegar Carlitos —chilló sonriendo—. Le está esperando en la cafetería.

—Ok —asintió Andrés—, enseguida entro.

—Allí le esperamos.

Y antes de que se fuera el vigilante hacia el interior, Andrés le preguntó:

—¿Dónde está la cafetería?

—Ah, bueno, no es exactamente una cafetería; la llamamos así entre nosotros. —Se rio estruendosamente—. Es la máquina de café que hay al lado de los ascensores. Si se acuerda hemos pasado un par de veces por delante cuando hemos ido a ver al médico de guardia.

Andrés lo recordó perfectamente.

—En un minuto me reúno con ustedes —dijo.

8

Carlitos era un vigilante joven, exageradamente obeso y con unas gafas enormes de concha que le cubrían toda la cara. Cuando entró Andrés él estaba de pie al lado de la máquina de café del hospital y se balanceaba de un lado para otro, visiblemente inquieto.

—Aquí está el policía —le dijo Juan, cuando Andrés llegó desde el pasillo de urgencias.

—Hola —chilló Carlitos con una voz aflautada y salpicando una gota de saliva que saltó desde su boca hasta la camisa del uniforme de Andrés.

El vigilante, ni corto ni perezoso, se la limpió de un manotazo. Ni siquiera dijo «lo siento», lo que hizo suponer al policía que era normal que siempre escupiera al hablar.

—Lo que no sepa Carlitos no lo sabe nadie —dijo el otro vigilante palmoteando fuertemente con ambas manos, como si estuvieran iniciando una fiesta de universidad—. Él estuvo de servicio la mañana del lunes, así que tuvo que ver a tu amigo —le dijo al policía—. ¿Verdad, Carlitos, que lo viste?

Andrés adivinó que los dos ya habían hablado de eso mientras él estaba en el coche de policía.

—Oh, sí, claro que me acuerdo. Yo tengo memoria fotográfica —dijo mientras con un dedo se apuntó a la sien—. No me olvido de nada —sonrió—. Todo lo tengo aquí guardado —dijo mientras con el dedo siguió martilleando su cabeza.

Andrés pensó que a ese vigilante le faltaba un tornillo.

—¿Te acuerdas bien de ese hombre? —preguntó Andrés esperando a que la máquina sirviera el café.

—Claro, claro. Ese tipo entró casi al mediodía. La enfermera de recepción me avisó al ver su estado. Daba miedo. Ya lo creo. Tenía los ojos fuera de sí y el aspecto de los yonquis que atracan farmacias. Miedo de verdad.

Andrés arrugó la frente. El veterano policía estaba cansado y no le apetecía enzarzarse en una conversación prolongada con esos dos vigilantes, cuyo concepto acerca de su inteligencia estaba decayendo cuanto más hablaban.

—Al grano, Carlitos —recomendó Juan—. El agente tiene trabajo esta noche.

Juan se veía más listo que su compañero y percibió que el comentario sobre Miguel Ángel Urquijo había molestado al policía.

—Pues la enfermera me avisó —siguió hablando—. Cuando llegué a recepción, estaba esa chica nueva, Carlota —dijo riendo—. Hay que ver lo buena que está la jodía —le dio un codazo al otro vigilante.

Andrés lo miró con todo el odio que sus ojos pudieron arrojar sobre él.

—Buena, buena. Esa tiene que tirar como un tren de mercancías, ¿eh? —se preguntó a sí mismo, ya que ninguno de los dos le respondió.

—Carlitos, te estás distrayendo —insistió Juan—. El policía tiene trabajo. Al grano, al grano —le conminó.

—Oh, sí. Carlota me dijo que ese yonqui quería ser visitado por un médico. El tío casi no podía respirar y se ahogaba cada vez que hablaba. Estaba hecho un guiñapo. Yo, manteniendo la distancia de seguridad y las medidas de autoprotección —dijo sonriendo—, le indiqué que se sentara en la sala de espera y que enseguida le visitaría un médico. El tío no paraba de toser y le costaba hablar horrores. Estaba hecho una mierda, de verdad.

Juan le hizo aspavientos con las manos para que fuese al grano y dejara de alargarse tanto en la explicación que estaba dando.

—Lo acompañé a la sala de espera, ya que no me fiaba de él. Me dije: «este nos atraca a una abuela de aquí y luego me buscan las cosquillas los jefes». El tío ni siquiera se tenía en pie. Le costaba andar horrores.

La paciencia de Andrés estaba llegando a su fin. Ese vigilante no paraba de hablar y le daba todo el rato vueltas a lo mismo.

—Bueno, bueno. Al final se sentó en la sala de espera; aunque tuve buen cuidado de alejarlo del resto de la gente. A esas horas las consultas están repletas y no quería que atracara a ninguna abuela, ya que el aspecto de ese yonqui era de atracador, se lo digo yo que he visto a muchos atracadores en mi vida.

—¿Preguntó por alguien? —le interrumpió el policía.

—Oh, sí, ya lo creo. Cuando estaba sentado y recuperó el resuello me dijo: «busco a Andrés Hernández Mancilla» —El vigilante leyó el nombre escrito en la palma de su mano.

—«¿Andrés Hernández?», repetí en voz alta. Yo no sabía que se refería a usted, agente —dijo el vigilante—. De saberlo le hubiera llamado inmediatamente. Igual ese yonqui estaba en busca y captura por algún atraco y yo lo tenía ahí delante. Él me dijo que sí, que buscaba a un policía nacional de Huesca llamado Andrés Hernández Mancilla.

«Vaya, vaya», le dije yo, «así que buscas a la Policía, pillín. Algo habrás hecho, canalla», pensé, pero sin decírselo a él. Esas cosas se piensan pero no se dicen, ¿sabe? «Bueno, bueno, nada», le dije, «cuando te visite el médico ya avisaremos a la comisaría para que localicen a ese policía. ¿Lo buscas por algo?», le pregunté, ya sé que no tengo que meterme en donde no me llaman, pero la seguridad del hospital es cosa mía y ese tenía pinta de atracar abuelas, se lo digo yo, de verdad.

—¿Llamó a la comisaría? —preguntó Andrés con semblante serio.

—Bueno, bueno, eso no es cosa mía, ¿sabe? Yo se lo dije a la médico de guardia, la señora Azucena. Vaya que si se lo dije, le dije: «Señora Azucena, hay un yonqui ahí que pregunta por la Policía.» ¿Y sabe qué me dijo ella?

Andrés negó con la cabeza.

—Pues que si pregunta por la Policía es porque algo ha hecho. Y no le falta razón a la médico, ninguna razón. Ese...

—Ya lo sé —lo interrumpió el policía visiblemente molesto—. Ese, atraca abuelas.

—Sí, sí, se lo digo yo que los calo a la primera —dijo Carlitos sin entender la ironía de Andrés.

—¿Le dijo por qué me buscaba?

—Pues la verdad que es posible que sí lo dijera. Pero no le presté mucha atención. Bastante trabajo tenemos aquí todos los días como para andar haciendo caso a un yonqui. Creo que dijo que tenía que decirle algo muy importante. Decirle o pedirle... —murmuró Carlitos—. Puede que dijera «pedirle». El caso es que no estoy seguro. Puede que fuese eso porque yo me pregunté: «¿Qué coño le tendrá que pedir este yonqui a un policía nacional?»

—Bueno —dijo Andrés finalmente—. Me voy, que

tengo trabajo. Si se acuerda de algo más, llame a la comisaría y pregunte por mí.

—Claro, amigo, claro que lo haré —dijo mirando el nombre otra vez en la palma de su mano—. Dígame un número de teléfono y en cuanto me acuerde de algo más seguro que le llamo.

—Es muy sencillo —sonrió Andrés—. Cero noventa y uno —dijo despacio.

—Ah, claro, cómo no se me había ocurrido —carcajeó Carlitos.

El otro vigilante, Juan, sonrió.

—Este Carlitos es un crack —dijo.

A Carlitos se le hinchó el pecho.

—Les dejo —se despidió Andrés—. Aún me queda mucha noche de trabajo.

Los dos vigilantes lo acompañaron hasta la puerta del hospital y allí se despidieron de él.

—Buen servicio —dijeron los dos a la vez, perfectamente sincronizados.

—Paletos —murmuró Andrés una vez estuvo dentro del coche de policía y asegurándose de que no pudieran oírlo.

El policía arrancó el vehículo y se fue del aparcamiento del hospital dirección a la comisaría de Huesca. Vio a través del retrovisor la imagen de los vigilantes como se alejaban lentamente y le saludaban con la mano como dos marionetas sostenidas por cuerdas.

9

Andrés tenía encima del asiento del copiloto el único efecto que decomisó de las pertenencias de Miguel Ángel, la fotografía de una chica joven y extremadamente guapa. Era una fotografía tomada con una cámara Polaroid, pensó que seguramente en algún lugar de la costa catalana, ya que al fondo solamente se veía el mar. La chica sonreía apacible, mientras que su cabellera se arremolinaba alrededor de su cara. Andrés se preguntó si esa chica de la fotografía era con la que Miguel Ángel pensaba formar una familia. Trató de acordarse de las palabras exactas cuando habló con él la última vez. No sabía si dijo «estoy formando una familia» o «he formado una familia». En cualquier caso tenía que averiguar quién era esa chica y si para ella sería importante saber que Miguel Ángel había muerto. Su madre Isabel ya no vivía, y de su hermana no podía saber nada, al menos durante la noche, solo recordaba que se fue a vivir a Italia. Hasta la mañana siguiente no podría realizar ninguna gestión con el ayuntamiento de Mataró para saber el paradero de la hermana de Miguel Ángel.

Al llegar a la comisaría metió el coche dentro del garaje. La fotografía de aquella chica la guardó en el bolsillo de su camisa. Debía recomponer su ánimo y prepararse para hacer frente a las preguntas de Diana, la chica de prácticas, y de Lisandro, o incluso de Iván. Imaginó que todos querrían saber qué le unía a ese hombre que había muerto en el hospital. Pensó en dar una respuesta sencilla: «un amigo de la infancia».

Se encontraba compungido al pensar en las últimas horas de vida de Miguel Ángel. Se lo imaginó allí, en ese hospital, preguntando incesantemente por él y sin que nadie le hiciera caso: ni la doctora Azucena, ni el vigilante de seguridad Carlitos. ¿Tan difícil hubiera sido telefonear a la comisaría?, se preguntó Andrés.

Antes de que Andrés Hernández entrara en la Policía, había sido un convencido activista antisistema. Corría el año 1981, el general Franco había muerto y la democracia andaba con pasos lentos. Se matriculó en el instituto Alexandre Satorras de Mataró, con la intención de cursar el Bachillerato Unificado Polivalente (BUP). Pero repitió el primer curso y finalmente tuvo que dejar los estudios y ponerse a trabajar en un bar. La distancia entre Caldes d'Estrac y Mataró, casi nueve kilómetros, hizo que Andrés se alejara de las amistades de la infancia; aunque no de Miguel Ángel Urquijo, que también se fue a estudiar Formación Profesional (FP) a Mataró; aunque en su caso lo hizo en el Instituto Miquel Biada.

En el Alexandre Satorras, donde fue a parar Andrés Hernández, había una corriente catalanista que pujaba por hacerse prevaler. Allí coincidieron jóvenes de toda la costa del Maresme, como podía ser Mataró, Sant Andreu de

Llavaneres, Arenys de Mar, Canet, Premià, Vilassar, o incluso Mongat. Entre ellos había un chico de Canet de Mar, al que todos conocían como Jordi, que, sin estudiar en el Alexandre Satorras, venía casi a diario a reunirse con algunos alumnos del centro. A ese chico le acompañaban una cohorte de independentistas catalanes, que utilizaron el bar de la piscina municipal, al lado del instituto, como punto de reunión y planificación, según supo más tarde Andrés.

Los días previos a la intentona golpista del 23 de febrero de 1981, el trasiego de esos independentistas fue incrementándose y sus visitas al bar de la piscina municipal eran casi diarias. Andrés Hernández comía allí al mediodía, ya que no disponía de tiempo para trasladarse hasta el piso de sus padres en Caldes d'Estrac, y ellos se reunían en una mesa que habilitaron al fondo del local.

La sobremesa del día tres de febrero de ese año los oyó mientras planificaban un secuestro. El cabecilla del grupo hablaba de un tal Federico Jiménez Losantos, que Andrés Hernández no había oído nombrar nunca, y del Manifiesto de los 2.300. Andrés no hablaba catalán, pero lo entendía perfectamente, ya que llevaba viviendo en Caldes d'Estrac desde los cinco años de edad. Ellos procuraban hablar en clave y algunas de las palabras que decían se le escapaban, pero de lo que estaba seguro es de que planeaban un secuestro y que el tal Federico Jiménez era el objetivo.

La segunda semana de febrero de 1981 el ambiente en el bar de la piscina era irrespirable. El 25 de enero se había promulgado el Manifiesto de los 2.300 y los ánimos entre el grupo de independentistas, asiduos al bar, estaba alterado hasta el límite de la crispación total. El Manifiesto de los 2.300 era un llamamiento público que surgió de Barcelona y firmado por intelectuales que vivían en Cataluña. En el manifiesto expresaban su preocupación por la situación cultural y lingüística de Cataluña y criticaban lo que consideraban un «evidente propósito de convertir el catalán en la única lengua oficial de Cataluña» a costa de marginar el castellano de los espacios oficiales y públicos. Los firmantes del manifiesto pedían que se cumpliera lo establecido por el Estatuto de autonomía de Cataluña del año 1979, que garantizaba el derecho de los padres a elegir si querían que su hijo fuera escolarizado en catalán o en castellano. «*¿Vols alguna cosa?*», le llegó a preguntar a Andrés el que se hacía llamar Jordi, un día que lo sorprendió mirándolos.

Andrés empezó a no quedarse en el interior del bar después de comer y salir a pasear hasta las tres de la tarde, hora que empezaban las clases, hasta el colegio Miquel Biada, donde estudiaba Miguel Ángel Urquijo, su amigo de la infancia. Allí se juntaban los dos y se iban a un salón recreativo, cerca de la plaza Santa Ana, y que no cerraba al mediodía, donde jugaban unas partidas de futbolín.

Miguel Ángel siempre compraba un *talego*, como se le llamaba a la cantidad de hachís que se podía adquirir por quinientas pesetas. El vendedor era un quinqui del barrio de la Llantia de Mataró, apodado *el Pecas*. El intercambio de la droga y el dinero se realizaba en los lavabos del salón de juegos, mientras que una especie de compinche, o guardaespaldas del Pecas, vigilaba la puerta.

—¿Cuándo me lo presentarás? —le preguntó Miguel Ángel Urquijo, un día que se hizo acompañar por Andrés Hernández.

—Otro día —respondió el Pecas, con una voz ronca por el exceso de tabaco.

Andrés era de poco preguntar, por no inmiscuirse en

donde no le llamaban, pero al salir del salón recreativo, y mientras se adentraban en el parque Central de Mataró, donde Miguel Ángel armaba un enorme porro de hachís, le preguntó:

—¿A quién te tiene que presentar el Pecas ese?

Miguel Ángel le contó que el Pecas era muy amigo, por no decir íntimo, del Vaquilla. Un quinqui al que todos temían y que vivía en el barrio de la Mina de Barcelona. Según Miguel Ángel, la Mina era una especie de santuario donde todo estaba permitido y donde ni siquiera la Policía se atrevía a entrar.

—¿De veras no lo conoces?

Miguel Ángel parecía extrañado de que Andrés no supiera quién era el Vaquilla, mucho más que un ídolo para él. Y la casualidad quiso que Andrés, que en esa época no conocía al Vaquilla, aunque sí que había oído hablar de él, sobre todo en la radio y en la televisión, años más tarde coincidiera, cuando estuvo destinado como policía en Girona, en un tiroteo de la Policía local y un coche robado que venía huyendo de Barcelona, donde el conductor era Antonio, el hermano del Vaquilla, y que murió abatido en la primera rotonda que hay entrando en Girona por el barrio de la Font de la Pólvora. Igual suerte corrieron otros dos hermanos del Vaquilla: Julián murió al saltar por la ventana del hospital de Barcelona donde le custodiaban y Miguel falleció durante una persecución con la Policía nacional.

—Pues no, no lo conozco —respondió Andrés, confundido por la incipiente admiración de Miguel Ángel hacia ese tipo de delincuente marginal. Ni ganas —añadió.

En mayo de 1981, después del secuestro del periodista Federico Jiménez Losantos, Andrés supo a quién se referían los del bar de la piscina municipal cuando planeaban secuestrar a alguien. Para entonces, el distanciamiento entre Miguel Ángel Urquijo y él empezó a ser patente. Mientras Miguel Ángel Urquijo admiraba a delincuentes como el Torete o el Vaquilla, Andrés se sentía vinculado al movimiento independentista catalán. Los encuentros entre él y Miguel Ángel fueron cada vez más distantes, llegando a estar mucho tiempo sin verse, desde los diecisiete años hasta que ambos fueron llamados a filas, con diecinueve años cumplidos.

Pero no siempre fue así, desde la etapa escolar que fue desde los once años hasta los catorce fueron amigos inseparables. Quizá, pensaba ahora Andrés, todo había cambiado cuando cumplieron los catorce años y los dos entraron a trabajar en la hostelería. Miguel Ángel se empleó en el restaurante Marola, del paseo marítimo de Caldes d'Estrac, mientras que Andrés lo hizo en el bar Kims, del parque municipal de la misma población. El verano de 1979 fue un buen año para el turismo en España; especialmente en la costa catalana. Ni siquiera los atentados de la banda terrorista ETA en Benidorm, Marbella, Castellón de la Plana, Peñíscola, Salou o Sitges pudieron espantar a los turistas, que llegaron en masa para disfrutar de las playas y el sol. Los dos amigos trabajaban desde que abrían sus respectivos bares, a las nueve de la mañana, y terminaban cuando cerraban, hasta bien pasada la una, o las dos, de la madrugada del día siguiente. En esa época no existían los contratos de trabajo, y menos para menores de edad. Miguel Ángel y Andrés trabajaban de sol a sol y de vez en cuando se tenían que esconder en la bodega del bar donde trabajaban, cuando la sospecha de algún inspector de trabajo planeaba sobre los dueños del establecimiento. Miguel Ángel y Eneko eran los primeros en terminar la jornada. Se acercaban caminando hasta el bar Kims y allí esperaban en la puerta hasta que Andrés acabara su trabajo para salir juntos.

Todos conformaban un variopinto grupo de amigos. Mientras que Andrés era el intelectual, Miguel Ángel el inocentón, Eneko hacía el papel de enterado. Los tres soñaban con acabar la noche con alguna extranjera holandesa o alemana de la Colonia Andersen, que veraneaban en Caldes d'Estrac. Pero siempre, día tras día, agonizaban en el centro del parque compartiendo una botella de ginebra que Andrés robaba del Kims y apurando el paquete de Winston, también robado.

10

Nada más regresar a comisaría, la primera persona con la que se encontró Andrés fue con Diana, la chica estaba fumando en la puerta de la Sala del 091. Sus labios se habían amoratado por el frío y el veterano policía la vio increíblemente guapa.

—¿Qué ha pasado en el hospital? —le preguntó Diana a un agotado Andrés—. Nos tenías preocupados. Podrías haber informado por la emisora para que supiéramos qué ocurría allí.

—Un amigo de la infancia ha escogido Huesca para venir a morir —respondió Andrés distante.

—Como los elefantes —sonrió Diana.

Andrés arrugó la frente.

—Sí. Los elefantes, cuando saben que van a morir, viajan solitarios buscando un lugar donde acabar su vida en paz —dijo Diana con el rostro contraído y remojándose los labios.

Andrés pensó que a Diana no le faltaba razón. Miguel Ángel había elegido Huesca como final del trayecto, pero una pregunta lo atormentaba. «¿Por qué aquí?» El vínculo que podía tener Miguel Ángel con Huesca era nulo,

Andrés pensaba que inexistente. Desde la última vez que lo vio, en aquel tren, en la Navidad de 1994, cuando Luisito se ahorcó en un piso de Barcelona, que no había hablado con él. No podía evitar pensar, el maduro policía, que su amigo de la infancia había venido en su búsqueda.

«Pero... ¿por qué? ¿para qué?», se preguntó.

—¿Has averiguado algo más? —insistió Diana.

—No. Solo sé que está muerto y que su cuerpo lo han trasladado al tanatorio municipal, pero no sé por qué vino hasta Huesca... —Andrés se acordó de las palabras del médico y de los vigilantes cuando le dijeron que Miguel Ángel había preguntado por él—. No sé nada más —dijo compungido—. He interrogado a los dos vigilantes del hospital: el que está esta noche y el que estuvo el lunes por la mañana, y aparte de no aclararme nada, solo me ha servido para darme cuenta de lo palurdos que son esos tíos —dijo refiriéndose a los dos vigilantes.

—¿Nadie sabe por qué llegó tu amigo a Huesca?

—No solo eso —dijo Andrés—, nadie sabe por qué llegó a Huesca y nadie sabe por qué preguntó por mí. ¿Te lo quieres creer? Miguel Ángel estuvo preguntando por mí, con nombre y apellidos, a una estúpida doctora y a un descerebrado vigilante de seguridad. Y ninguno de los dos hizo una acción tan sencilla como llamar al 091 y decir que una persona ingresada en el hospital estaba buscando a un policía nacional de la comisaría de Huesca.

Andrés estaba realmente enfadado. Diana quiso serenarlo.

—Ya sabes que nadie hace caso a ese tipo de gente —dijo refiriéndose a Miguel Ángel—. Te guste o no tu amigo era un yonqui, y a los yonquis no les cree nadie.

—Pues si un yonqui pregunta por un policía lo lógico

es pensar que tiene alguna información que dar y que puede ser importante para la Policía.

—Lo lógico —contravino Diana— es que la Policía pregunte por los delincuentes, y no al revés.

Por sus palabras Andrés supo que la chica de prácticas ya había consultado la base de datos y habría visto el historial delictivo de Miguel Ángel.

—¿Te parece normal lo que han hecho?

—No debes cargar contra ellos —sugirió Diana.

—Yo siempre escucho a los delincuentes —dijo Andrés—. Por aquí pasan muchos cada día y siempre tienen cosas que contar, y yo los escucho. Los escucho de verdad —insistió.

Diana arrugó la boca como si lo que Andrés le contaba fuera poco creíble.

—¿Has cenado?

Diana Dávila se deshacía en atenciones hacia el maduro policía. Lo vio desvalido y necesitado de ayuda y comprensión.

—No tengo hambre —respondió Andrés airoso.

—He traído cena de sobra —dijo la chica de prácticas—. Si quieres puedes comer un poco de mi bocadillo —dijo señalando un papel de plata arrugado que había sobre la mesa de la Sala del 091—. Aunque supongo que tu mujer te habrá hecho un buen bocadillo para cenar.

—Te lo agradezco, pero ahora necesito meditar un par de cosas —respondió.

Andrés le iba a decir a la chica de prácticas que estaba separado de su mujer desde hace años, así que era imposible que ella le preparara el bocadillo para cenar, pero no le apetecía entrar en detalles con su nueva compañera del turno de noche.

—Entiendo —dijo ella mientras se metía con desdén otro cigarrillo en la boca.

El agujero del *piercing* brilló bajo el fluorescente de la Sala del 091.

Andrés Hernández se quedó absorto mirando el chorro de la fuente de la plaza que sobresalía por encima del muro de seguridad de la comisaría. Se preguntó cómo es que el ayuntamiento no había desconectado el agua a pesar de ser casi las tres de la madrugada. Había tantas preguntas sin respuesta que una más no importaba. Uno de los secretos de la muerte de Miguel Ángel Urquijo pasaba por averiguar quién era la chica de la fotografía. Seguramente había sido su novia. Andrés recordó como en esa Navidad de 1994 le dijo que ya no podía hacer tonterías pues tenía novia formal. La frase exacta que le dijo Miguel Ángel fue: «Ahora tengo novia formal. Estoy formando una familia y ya no puedo hacer tonterías.» La chica de la fotografía se veía joven; aunque también era una foto tomada con una cámara Polaroid, y esas cámaras apenas se utilizaban en la actualidad, por lo que supuso que había sido hecha hacía tiempo, mucho tiempo.

—Diana —llamó a la policía de prácticas, mientras esta fumaba asomada a la ventana del patio de la comisaría.

Ella se giró y sus veintiún años de juventud asombraron el agotamiento de Andrés. Al maduro policía le parecía increíble la frescura que podía albergar un rostro joven, a pesar de ser las tres de la madrugada.

—¿Qué ocurre, Andrés?

—Bueno, me preguntaba si sabes cuándo dejó Polaroid de fabricar sus cámaras instantáneas.

Una vez hubo formulado la pregunta se dio cuenta de

lo estúpida que fue esa cuestión, realizada a una chica de veintiún años. «¿Cómo iba ella a saber eso?», pensó Andrés. Para el veterano policía era posible que Diana ni siquiera supiese lo que era una cámara Polaroid. Quizás Andrés buscaba una parte de complicidad de la chica de prácticas o un interés espontáneo por su causa.

—No tengo ni idea, pero para eso está internet —dijo sin perder la sonrisa.

Y antes de que el maduro policía dijera nada, ella se sentó en el ordenador de la Sala del 091 y tecleó varias veces hasta que el monitor mostró una página donde Polaroid anunciaba de forma oficial el fin de la fabricación de película para sus cámaras.

—*Voilà* —dijo Diana—. En febrero de 2009 se terminó Polaroid. Que por lo que parece era una marca de máquinas de fotografía.

Andrés sonrió al percatarse de que Diana pertenecía a la era de las cámaras digitales.

—Bueno, lo que ahí dice es que Polaroid dejó de fabricar la película de sus cámaras, pero las cámaras se siguen fabricando, ¿no? —dijo Andrés leyendo la pantalla del monitor.

—Sí —corroboró Diana.

Para la chica de prácticas ese detalle no tenía la menor importancia.

—¿Qué importancia tiene la Polaroid para ti? —le preguntó Diana.

—Era un sistema revolucionario de fotografía instantánea. Antes de que nacieras tú las fotos se hacían así.

Andrés sabía que decirle a alguien joven algo que hiciese referencia a fechas anteriores a su nacimiento podía ser una ofensa. Pero también sabía que esa chica no se enfadaría por un comentario de ese tipo.

—Entiendo —dijo ella, imprimiendo en su voz un sentimiento de desidia y curiosidad al mismo tiempo—. ¿Por qué ese interés en la desaparición de las Polaroid? —insistió.

—Mucho quieres saber tú.

—¿No es ese el germen de un policía, preguntar?

Andrés pensó que la chica estaba en lo cierto, pero no quiso darle la razón.

—Preguntar sí, pero preguntar a los malos, no a los compañeros.

—Preguntar es preguntar —dijo Diana—. Si solo pudiéramos preguntar a unos y no a otros, entonces nunca sabríamos nada.

—¿Y cuál es la pregunta? —dijo Andrés—. Me he perdido.

—¿Por qué tienes tanto interés en las cámaras Polaroid? —insistió Diana.

No quería Andrés enfrascarse en una dialéctica que no llevase a ningún sitio. A su compañera de noche no le concernía para nada la historia de Miguel Ángel Urquijo Cañas y averiguar por qué vino a morir a Huesca y a quién pertenecía la imagen de esa chica que llevaba en su cartera.

—Nada. Cosas mías —dijo sin ofrecer credibilidad.

Diana arrugó la frente. Por primera vez en todo el turno de noche Andrés la vio molesta.

Los dos, tanto Miguel Ángel Urquijo como Andrés Hernández, se fueron al mismo tiempo al servicio militar. Y mientras Miguel Ángel se quedó en Barcelona, en el cuartel del Bruc, Andrés se tuvo que marchar a Cáceres. Era marzo de 1984 y la revista *Interviú* hacía unos meses que había publicado un sobrecogedor reportaje sobre una enfermedad nueva que causaba estragos entre la comunidad homosexual: el sida. La alarma sobrevino cuando se relacionó el contagio de la enfermedad con personas heterosexuales, algo que hizo que las precauciones en las relaciones sexuales adquirieran el nivel máximo de alerta. Para Andrés, más intelectual, fue el final de una etapa importante de la realidad, ya que desde pequeño había devorado una revista de tirada mensual titulada *1984*, como la novela de George Orwell, y pensaba que no habría más futuro después de ese año. Pero el año 1984 llegó y con él la terrible mili. Ese mismo año se reguló por primera vez la objeción de conciencia, pudiendo permutar con un sistema de servicio social sustitutorio que duplicaba en tiempo al militar. Pero pocos fueron los que lo solicitaron.

Andrés coincidió en el Centro de Instrucción de Reclutas (CIR) Santa Ana de Cáceres con un minúsculo grupo de independentistas catalanes, con los que muy pronto hizo buenas migas. Incluido él, eran cuatro: Jordi Bonamusa, Jordi Brucet, Jordi Alsina y él mismo. El resto de reclutas los conocía como los Jordis, algo que no les molestaba, más bien les parecía gracioso. Jordi Bonamusa les dijo que pertenecía a la organización Terra Lliure, así lo manifestó en varias ocasiones, no tratando de ocultarlo. Más tarde supieron que era un simpatizante, pero no un militante activo, y que su relación con la organización se debía únicamente a una estrecha amistad con Josep Antoni Villaescusa i Martín, muerto el veinte de julio de 1984 por accidente, mientras manejaba un artefacto explosivo en la localidad de Alcira, en Valencia. Respecto a los otros dos: Jordi Brucet y Jordi Alsina, eran dos chavales de Barcelona, simpatizantes con la causa independentista, pero provenientes de familias acomodadas que abogaban por una independencia política de los Países Catalanes. Andrés Hernández, que ya había tenido contacto con ese tipo de movimientos a través de las escuchas en el bar de la piscina municipal de Mataró, les dijo que era conocedor del Manifiesto de los 2.300 abanderado por Federico Jiménez Losantos y del atentado frustrado al periodista. En verdad, Jordi Bonamusa era vecino de Reus, y formaba parte del Moviment de Defensa de la Terra, organización política de ideología independentista catalana y revolucionaria, que surgió de la confluencia de varios movimientos de defensa de la lengua catalana.

—Pienso que tienes las ideas muy claras —le dijo Jordi Bonamusa en septiembre de 1984, mientras ambos compartían un arresto cuartelero por mala conducta.

Habían jurado bandera, algo que para Jordi Bonamusa fue lo más parecido a una patada en los huevos, según dijo cuando terminó el acto, y los dos se habían quedado destinados en el cuartel de Cáceres. El resto de cabos y cabos primeros los utilizaron como objetivo de sus frustraciones, pero ni Andrés Hernández ni Jordi Bonamusa estaban dispuestos a dejarse amilanar por unos catetos, como siempre los llamaron entre ellos. Los dos ascendieron a cabo, y luego a cabo primero, colocándose jerárquicamente a la altura de soldados que llevaban varios años de carrera.

—Nos proponemos ser el eje del independentismo combativo y organizar el Movimiento de Liberación Nacional Catalán, reuniendo al PSAN, IPC, CSPC y Terra Lliure.

Jordi Bonamusa hablaba como un auténtico líder y buscaba engatusar a Andrés Hernández en su lucha, pese a que sabía que no era catalán de origen, pero lo percibió como un hombre entero, de ideas claras y principios inquebrantables, algo muy valioso para el proyecto que abanderaba.

—¿Y qué os proponéis?

—Pues para empezar queremos luchar para defender a los Países Catalanes de las agresiones ecológicas, urbanas, sociales, culturales y lingüísticas.

Jordi Bonamusa sabía que no podía utilizar un lenguaje excesivamente bélico para convencer a Andrés para que se uniera a su causa, así que en el planteamiento de su lucha puso los principios ecológicos por encima de los otros.

—Eso está bien —le dijo Andrés—, nadie puede estar por encima de nadie.

Andrés Hernández compartía las ideas de Jordi Bonamusa, pero no plenamente.

—También queremos fomentar la concienciación y movilización del pueblo trabajador de los Países Catalanes mediante la agitación y la propaganda.

—¿Lucha armada? —preguntó Andrés.

—No, no, en absoluto —dijo ofendido Jordi—. Ya hemos abandonado la lucha armada. Nuestro proyecto es político.

11

—¿Sabes por qué no se puede acceder a Facebook desde este ordenador? —preguntó Diana señalando el monitor de la Sala del 091.

—No podrás acceder a Facebook ni desde este ordenador ni desde ningún otro en toda la comisaría.

—¿Y eso? —preguntó Diana.

—Porque están capados. Los ordenadores de la Policía solo sirven para trabajar —argumentó Andrés—. ¿Te imaginas qué pasaría si se pudiese navegar por cualquier sitio? —dijo sonriendo—. Conozco a más de un compañero que se pasaría las noches visitando páginas prohibidas.

—Pero antes bien que he podido consultar Google.

—Sí, pero si intentas entrar en según qué página te saldrá el dibujo de un policía con la mano en alto advirtiéndote de que eso no está permitido.

—¿Y por qué no se puede en Facebook?

—Ni Facebook, ni Twitter, ni cualquier red social.

—Pues vaya coñazo —lamentó Diana—. ¿Tú no tienes cuenta en Facebook?

—No. Bueno, sí, pero apenas la uso. Eso no va conmigo.

Diana sonrió.

—Pues las redes sociales son una fuente de investigación esencial para la Policía. ¿Sabías que la dirección general tiene Twitter?

Andrés asintió.

—Para manejarse por esas redes de Dios hace falta tiempo, algo de lo que yo carezco.

—Todo el mundo tiene tiempo —aseveró Diana—. El problema es cómo lo invertimos. O me vas a negar que ahora no tienes tiempo de sobra.

—Así que también le pegas al Facebook.

—Pues sí. He conocido mucha gente gracias a él —dijo refiriéndose a la red social—. Además es gente que no conozco físicamente.

—¿Y eso es bueno? —preguntó Andrés.

—Bueno porque no implica contacto.

—En la red hay mucha mentira —objetó Andrés.

—Claro, pero también hay cosas buenas. Supongo que sabrás que los del grupo de delitos tecnológicos han solucionado muchas investigaciones gracias a internet.

Andrés chasqueó los labios.

—Por eso se llaman delitos tecnológicos —sonrió.

Diana también sonrió.

—Lo peor son los pederastas —dijo—. Les tendrían que cortar los huevos a todos.

—Ahí estoy contigo —afirmó Andrés—. Dicen que son unos enfermos, pero en realidad son unos hijos de puta. Internet ha propiciado que surjan como setas —dijo refiriéndose a los pederastas.

—¿Nunca te has planteado pedir destino en la unidad de delitos tecnológicos? —le preguntó Diana mientras cerraba la ventana del navegador.

—Eso es para los jóvenes. Cuando jures el cargo podría ser un buen destino para ti.

—Bueno, creo que en esa unidad hay de todo: jóvenes y viejos.

—Demasiado complicado para mí. Yo soy más de trabajo de campo —argumentó Andrés—. Además, si tuviese a un pederasta delante de mí le arrancaría la cabeza de un puñetazo.

—Te acusarían de tortura.

—No creo, la tortura solo se califica así cuando es con el fin de arrancar una confesión.

—Pues pegar a un detenido no está bien. Nosotros tenemos que estar por encima de eso —aseveró Diana.

—Te han enseñado bien en la escuela, ¿eh? —Andrés se sentó en el sillón de la Sala del 091—. Ahora me vas a decir que si tuvieras un pederasta hijo de puta delante no le pegarías un bofetón.

—¿Tú lo harías?

Andrés no respondió.

—Tendrás muchas historias que contar —le dijo Diana al veterano policía, cambiando de tema.

—¿Cómo?

Andrés Hernández estaba distraído meditando la muerte de su amigo y preguntándose constantemente qué había venido a hacer a Huesca Miguel Ángel. Su mente no pensaba en otra cosa.

—Digo que después de veinte años de carrera tendrás muchas historias que contar —repitió.

Andrés no tenía ganas de hablar con esa chica. Era el primer día que hacían servicio juntos y la empezaba a encontrar empalagosa. Durante los últimos años se había acostumbrado a pasar las noches tranquilas. Mirando la televisión un rato, leyendo antes de que le entrara el sueño y hablando con la patrulla y con el policía de la puerta, el bueno de Pascual.

—Siempre hay historias —dijo la chica quedamente.

—Sí, ya, ya, pero alguna tendrás para impresionar a una policía de prácticas.

—Bueno, ¿y qué quieres que te cuente? Huesca es muy aburrido.

Diana estaba cargada de ilusión por aprender y lamentaba no haber conseguido más baremo en la academia de policía para poder optar a un destino más activo. El poco tiempo que llevaba en Huesca no le había servido para nada, policialmente hablando.

—Pero no siempre has estado en Huesca, ¿verdad, Andrés?

—No. He estado en varias ciudades y en varios destinos.

—¿Y tu intervención?

—¿Qué intervención?

—Todos los policías veteranos tenéis alguna intervención que os gusta contar. El mes pasado estuve en policía científica y Ramón me contó...

—Uf, a Ramón no le hagas ningún caso, que siempre está con rollos interminables.

—Es agradable y buen conversador —dijo Diana.

Andrés se sintió menospreciado, como si la chica de prácticas lo hubiera comparado con otro policía.

—Ramón trabaja solo de mañanas y está fresco como una lechuga para contar historias. Yo, al igual que tú, estoy aquí de noche. Y de noche uno no está para muchos trotes.

—Entonces... ¿no tienes ninguna intervención digna de pasar a los anales de la historia policial?

Andrés sonrió.

—Bueno, estando en Girona vino un día un marroquí a la puerta con un cuchillo en la mano y con la ropa manchada de sangre.

—¡Venga ya! —exclamó Diana—. No me tomes el pelo.

—No, no, en serio. Llevaba pocos años en la Policía y estaba en Radio-patrullas. Allí me tiré varios años.

Diana se sentó en el sofá de la Sala del 091 y sacó el paquete de tabaco.

—Abre la ventana si vas a fumar más. Estás llenando esto de humo —recriminó Andrés—. Por la noche pasábamos bastante tiempo en comisaría. Girona no es como esto, allí no quieren a la Policía nacional y patrullábamos poco por las calles. Debían de ser las doce o un poco más tarde, no lo recuerdo. El caso es que estábamos en la entrada de la comisaría fumando, como haces tú ahora —puntualizó—. Recuerdo que era verano, ya que íbamos en mangas de camisa, con el uniforme de antes, ¿lo conoces?

Diana asintió con la cabeza.

—¿El de la camisa blanca? —dijo la chica.

—Parecíamos pilotos de Iberia —sonrió Andrés—. Pues estábamos en la puerta y llegó caminando por la calle un marroquí. El tío venía tranquilo, como si tal cosa. En su mano sostenía un cuchillo jamonero y tanto la mano como la ropa estaban manchadas de sangre.

—¿Lo encañonasteis? —interrumpió Diana.

—No, qué va. Nos quedamos a cuadros. No tuvimos tiempo de reaccionar. Estábamos dos coches de policía, y un subinspector mayor que estaba con nosotros le preguntó: «¿Dónde vas, tío? Deja ese cuchillo en el suelo ahora mismo.» El marroquí nos ignoró y entró dentro de la comisaría, como si la cosa no fuese con nosotros. Los cuatro fuimos tras él y sacamos nuestras defensas para reducirlo. En el vestíbulo principal de la comisaría de Girona hay, o había, un mostrador parecido al que tenemos aquí en la entrada. Un mostrador de madera donde se apoyó el marroquí, y dejó el cuchillo encima. El de seguridad, que a esa hora ya estaba medio dormido, se puso en pie y se llevó la mano a la pistola. «¡Pero qué coño!», exclamó. El marroquí le dijo que venía a entregarse. Que acababa de matar a un tío. Nosotros llamamos a una inspectora rubia que había de servicio.

—¿Por qué rubia? —preguntó Diana.

—Porque era rubia —respondió Andrés.

—Digo que por qué has dicho que era rubia —insistió Diana.

Andrés comprendió que decir rubia no era importante para la historia.

—No sé por qué lo he dicho. El caso es que era una inspectora rubia y eso era algo que siempre destacábamos los policías en Girona. Bueno, sigo, la inspectora dijo que le pusiéramos los grilletes, ya que era un asesino confeso y que lo acompañáramos a donde él decía que había matado a ese hombre.

—Si no hay muerto no hay asesino —dijo Diana.

—Así es —corroboró Andrés—. En principio teníamos a un asesino confeso, teníamos sangre y un cuchillo jamonero, pero no teníamos el muerto. Montamos al marroquí en uno de los coches y las dos patrullas nos fuimos hasta un bloque de pisos donde nos dijo que estaba el muerto.

—¿Y allí estaba?

—Espera —dijo Andrés—. El piso que él decía estaba cerrado y no tenía llave. El marroquí siguió manteniendo su tesis de que dentro estaba su amigo.

—¿Amigo?

—Bueno, sí, luego nos enteramos de que los dos eran amigos y vivían juntos. Para abrir la puerta tuvimos que echarla abajo, era un bloque viejo y las puertas eran de cartón. La faena fue nuestra para encontrar dos testigos que presenciaran cómo echábamos la puerta abajo. Tuvimos que hacer un acta manuscrita y los dos vecinos que hallamos la firmaron. Era un pisucho de pocos metros. Nada más entrar ya se veía la habitación, una cama pequeña y un tío encima, boca abajo, ligeramente ladeado, sangrando y sosteniendo en su mano izquierda un cuchillo.

—¿Muerto?

—Muy muerto —dijo Andrés—. En un rato llegaron el forense, la jueza, el médico, Policía judicial, científica y la prensa... Aquello se llenó de gente. Mientras investigaban, nosotros, es decir, los cuatro policías de la patrulla, nos quedamos fuera del bloque con el detenido, fumando. Entonces yo también fumaba. Los dos: muerto y asesino eran amigos. El detenido, muy nervioso, se sinceró con nosotros y nos contó la historia. Mientras dentro estaban la judicial, forense, jueza, etcétera, etcétera, averiguando qué es lo que había ocurrido.

—¿Y qué había ocurrido? —preguntó Diana impaciente.

—La historia fue que los dos vivían juntos en el mismo piso. Los dos eran marroquíes y los dos se conocían desde hacía tiempo. Bueno, ya se conocían de cuando estaban en Nador, según nos dijo el asesino. Llegaron esa tarde a casa y habían bebido bastante. No les fue bien porque no consiguieron ligar, como si ligar borracho fuese fácil —anotó Andrés. Diana sonrió—. No sé cómo se liaron los dos, pero el caso es que el tío nos dijo que para aplacar su ansiedad pactaron joderse entre ellos.

—¿Joderse? —Diana quería estar segura de lo que Andrés le estaba diciendo.

—Pues sí. Ya sé que suena extraño, pero los dos marroquíes estuvieron de acuerdo en que uno le daría por culo al otro y viceversa.

—Supongo que no lo harían a la vez —sonrió Diana.

—Claro que no, no se puede —le siguió la broma Andrés—. El problema era quién comenzaba antes.

—¿Le preguntaste eso?

—Ya puestos, había que recabar todos los datos. «¿Quién fue el primero en dar por culo?», le pregunté.

—¡Hala! Así, sin más —dijo Diana.

—En estos casos las preguntas han de ser directas. No hay que andarse con remilgos. Me dijo que lo habían echado a suertes y que su amigo fue el que ganó y el primero en darle por culo a él.

Diana se rio al imaginarse a los dos amigos marroquíes dándose por culo. Sobre todo teniendo en cuenta que no era una relación pasional ni amorosa, sino vicio puro. La policía de prácticas estaba convencida de que lo que esos hombres estaban haciendo era experimentar.

—Así que los dos querían saber qué se siente cuando te dan por culo, ¿verdad?

Andrés se rio.

—Supongo que así fue. Pero el otro amigo no quiso cumplir el trato.

—Me lo imaginaba —dijo Diana.

—Cuando hubo terminado de ensartarlo —dijo Andrés—, el que teníamos detenido se dispuso a hacer lo mismo con su amigo, pero el otro se negó. Y el marroquí que se había personado en comisaría no pudo soportar la humillación, su amigo le había dado por culo con su consentimiento y luego él no pudo hacer lo mismo.

—Y lo mató —afirmó Diana.

—Primero quiso forzarlo. Cogió un cuchillo de la cocina y le dijo que se pusiera a cuatro patas para que pudiera darle por culo. El otro se debió resistir y finalmente terminó por apuñalarlo en el corazón. El jodido debió darse cuenta de lo que había hecho y quiso simular una defensa propia. Puso en la mano de su amigo muerto otro cuchillo y le retorció el brazo. Al principio pensamos que el cuchillo del muerto estaba en la mano izquierda, pero realmente lo tenía en la derecha, lo que pasa es que le retorció el brazo y se lo pasó por debajo del cuerpo, y a simple vista parecía que lo tenía en la izquierda. Los de la judicial y la científica no se dieron cuenta y rellenaron mal el informe.

—Un error muy grave —dijo Diana.

—Gravísimo —corroboró Andrés—. Por errores así se puede ir de rositas un asesino.

—Bueno, al final me has contado una intervención tuya. La verdad es que es original.

—Pues eso no es todo —siguió hablando Andrés—. Todo eso que te he contado nos lo dijo el detenido a los policías que estuvimos con él en la puerta de su piso. Pero nosotros no hablamos con los de la judicial, ni con la jueza, ni el fiscal, ni la científica. Ellos estaban dentro a lo suyo y las conclusiones a las que llegaron fueron totalmente distintas.

Diana se encendió otro cigarrillo.

—En el informe dijeron que la muerte fue por una especie de rito, ya que un espabilado de la judicial dijo que el cuerpo del muerto apuntaba hacia la Meca. El cuchillo lo ubicaron en la mano incorrecta, nadie se percató de que estaba el brazo retorcido por debajo del muerto. No hicieron mención de la relación sexual que tuvieron los dos hombres antes, ni lo comprobaron, por supuesto. Y eso que encima de una mesa pequeña que había al lado de la cama dejaron un tubo de vaselina de farmacia. En fin, un fallo detrás de otro.

—Es penosa la poca coordinación que hay entre las distintas brigadas de la Policía.

—Poca o ninguna —dijo Andrés—. Los de la judicial

por un lado, la científica por otro, y la rubia —dijo refiriéndose a la inspectora— pavoneándose por allí en medio.

—Ya veo que esa inspectora no te caía bien. Supongo que no sería porque era rubia, ¿no? —le preguntó Diana.

—No, Diana, no. Lo de rubia lo digo porque era el mote que le pusieron los policías.

—¿Has dicho pavoneándose? —le preguntó Diana.

—Era una mujer muy guapa y le gustaba tontear con todos.

Ese comentario no le gustó a Diana. Pero no quiso preguntarle a Andrés más detalles. Sabía la chica de prácticas que las mujeres guapas siempre están en el punto de mira.

—El juicio fue la puta risa —dijo Andrés—. Cuando expusieron los informes los de la judicial y la científica entramos a declarar los primeros que habíamos visto al asesino, cuando vino a entregarse. El primero en hablar fui yo y dije todo lo que el marroquí nos había contado en la puerta del piso. La jueza consideró que la declaración nuestra era la más importante y ordenó repetir el juicio. Tras varios meses de declaraciones, testigos y pruebas nuevas, al final se condenó por asesinato al marroquí. Ha sido de las intervenciones más extrañas que he hecho —aseveró Andrés.

—Ahí tuvo que haber algo más —dijo Diana poniéndose en pie—. Nadie se deja dar por culo si no hay morbo de por medio. Además, hay otras formas de satisfacerse... —se silenció un momento para estar segura de lo que iba a decir—, bueno, se podían haber matado a pajas —sonrió.

—Es posible —asintió Andrés—. Nunca sabremos qué pasó esa tarde y qué hicieron realmente esos hombres. El alcohol juega malas pasadas.

—No creo que el alcohol les moviera a darse por culo. Lo que hizo el alcohol fue desinhibirlos, pero la intención ya la llevaban ellos encima.

—Es posible —afirmó Andrés—. El alcohol es una buena excusa para decir que algo ocurrió sin tu consentimiento.

—Estas historias son las que tenéis que contar los veteranos a los policías de prácticas —dijo Diana—. Así aprendemos.

—No creo que con estas historias podáis aprender algo —objetó Andrés—. La mejor forma de aprender es por la propia experiencia.

—Sí, por supuesto —dijo Diana—, pero ¿ves?, si yo ahora me encontrara en un caso como ese que me has contado, podría utilizar tu experiencia para actuar correctamente.

—¿Y qué harías?

—Pues lo que hicisteis mal fue no declarar. ¿No dijiste antes que lo que no se escribe es como si no hubiera ocurrido nunca?

Andrés no recordaba haberlo dicho, pero era posible que sí ya que esa frase la utilizaba mucho.

—Así es.

—Pues una vez que el asesino os confesó todo, teníais que haber declarado todo eso por escrito.

—Supongo que no lo hicimos por vagancia.

Diana arrugó la frente.

—Por vagancia casi sale absuelto un asesino.

—No, casi sale absuelto un asesino por la incompetencia de la Policía judicial y de los de la científica.

Diana no quería discutir, prefería quedarse con los detalles de la intervención que le había contado Andrés y buscar la parte buena.

—Me voy al lavabo —dijo la chica. Y se levantó de su silla apagando la colilla en el cenicero que había en el alféizar de la ventana.

12

Miguel Ángel Urquijo realizó un servicio militar más cómodo, ya que el cuartel del Bruc estaba a poco más de veinte kilómetros de su casa y podía ir cada fin de semana, o incluso las noches, si le dejaban o se lo podía permitir. Miguel Ángel se encontraba en su salsa. En el cuartel del Bruc halló un grupo conexo de porreros con los que compartían aficiones. El hachís lo traían dos quinquis de Santa Coloma de Gramanet, que lo vendían a buen precio en el interior del cuartel, consiguiendo en poco tiempo dinero suficiente como para vivir cómodamente. Miguel Ángel escribió varias cartas a Andrés Hernández, en el lugar del sello dibujaba una caricatura y ponía: «De soldado a soldado paga el Estado.» Andrés recibió las cartas y las leyó, pero para entonces no tenía ningún interés en mantener la amistad con su amigo de la infancia. Para Andrés, Miguel Ángel había degenerado hasta el punto de ser un delincuente del extrarradio de Barcelona. La proyección de películas donde los actores eran el Torete y el Vaquilla ayudó a encumbrar el mito y todos los chavales del mundo marginal barcelonés pujaban por hacerse un hueco. Andrés no entendía cómo una película como *Perros callejeros* podía proyectarse en los cines españoles y crear semejante cohorte de seguidores. Miguel Ángel no hablaba de otra cosa en sus cartas y solamente ansiaba una cosa: conocer al Vaquilla.

En diciembre de ese año, 1984, la heroína llegó al cuartel del Bruc. En una explanada sin edificar que había en la parte trasera del cuartel confluyeron los camellos con las prostitutas. Los Crespo, dos hermanos traficantes de Mataró, convencieron a Miguel Ángel Urquijo para que vendiera hachís de Santa Coloma de Gramanet, con la promesa de sustanciosas ganancias. El hachís lo vendían en piedras de quinientas pesetas y el intercambio del dinero se realizaba directamente desde la ventanilla del coche del comprador. Los camellos se multiplicaban por decenas y formaban extrañas alianzas con las prostitutas. Así el chulo que cuidaba a las chicas era al mismo tiempo el vendedor del hachís.

La heroína alertó a la Policía, ya que toleraba la venta de hachís, siempre que no se hiciese de forma descarada, pero la heroína creaba un problema añadido: la imagen del barrio. Los drogadictos venían de distintos puntos de la ciudad y adquirían la papelina de droga directamente en la explanada trasera del cuartel del Bruc. Se la inyectaban allí mismo, dejando las jeringuillas en medio de los árboles. La calidad de las prostitutas también cambió, ya que en un principio venían estudiantes que buscaban unos ingresos extras para pagarse la carrera y al final acabaron viniendo prostitutas de la zona del puerto y de las Ramblas, más mayores y la mayoría también drogadictas.

A principios de 1995 hubo varias redadas de la Policía nacional en toda la zona y echaron a las prostitutas de allí, la burguesía catalana se concentraba muy cerca, en la Avenida de Pedralbes, y presionaron para limpiar el barrio de delincuentes y marginales que se paseaban por sus calles.

Así, en muy poco espacio, había militares, prostitutas, delincuentes, drogadictos y camellos. En una de esas redadas detuvieron a Miguel Ángel Urquijo por tráfico de drogas. Y como acumulaba varias detenciones anteriores por delitos similares, no llegó a terminar el servicio militar y pasó a cumplir condena en la prisión Modelo de Barcelona.

Meses más tarde compartiría celda con un recluso ilustre: Javier de la Rosa, donde fue captada una fotografía en la que se veían los pies de Miguel Ángel Urquijo mientras Javier de la Rosa se comía un bocadillo. Una vez más, las coincidencias en el entorno de Miguel Ángel Urquijo y Andrés Hernández hicieron que este último tuviese que vigilar el piso de Javier de la Rosa, donde dormía en el año 2000 y del que salía cada mañana para preparar su defensa por varios litigios relacionados con la suspensión de pagos del grupo KIO, cuando estuvo destinado en Barcelona como policía.

Habían coincidido en uno de los permisos carcelarios de Miguel Ángel Urquijo, cuando este viajaba en el tren de Barcelona a Mataró, acompañado de la madre de Luisito, un delincuente de Caldes d'Estrac, amigo de la pandilla, que se suicidó en un piso de la calle Escudellers de Barcelona. En ese piso estuvo viviendo seis meses con una chica que conoció en Mataró: Fany. Fany era la menor de cuatro hermanas, un año menor que Miguel Ángel y Andrés, muy guapa y extremadamente delgada. La chica nació en 1966 en el barrio de Gracia, en la calle Secretario Coloma. Y murió en mayo de 1982, cuando tan solo tenía dieciséis años, apuñalada por un novio que no pudo soportar que ella quisiera dejarlo por Luisito. Su novio, un delincuente muy peligroso del barrio de la Llantia de Mataró, apodado el Pecas, ingresó en la prisión Modelo de Barcelona para cumplir condena por asesinato. Meses más tarde Luisito se dejaría capturar para ingresar también en la misma prisión y acabar con la vida del Pecas en el patio, asestándole varias puñaladas en el pecho.

De las tres hermanas de Fany solamente vivía una, llamada Alexia Lomero. Alexia vivía en la actualidad en Canet de Mar, un pueblo de la costa del Maresme, muy cerca de Arenys de Mar, lugar adonde se fue cuando murió su madre. Su padre había muerto años antes, en 1980, cuando se derrumbó el andamio donde estaba trabajando, en la construcción de un edificio de la calle Córcega de Barcelona. Las otras dos hermanas, Cristina y Teresa, habían muerto también: las dos por sobredosis de heroína. Alexia Lomero nació en febrero del año 1969 y fue la única de su familia que se escabulló de la mala suerte. Era una mujer sana y nunca había tonteado con las drogas.

Ya eran las tres de la madrugada. En la Sala del 091 de la comisaría de Huesca solamente había dos personas: Andrés Hernández y Diana Dávila. El primero, un veterano policía nacional con veinte años de servicio, que se debatía ante la duda, observaba taciturno la fotografía de una chica muy guapa y extremadamente delgada que halló momentos antes en la cartera de Miguel Ángel Urquijo. Diana apuraba un cigarrillo apostada en el enorme ventanal que daba a la plaza Luis Buñuel, donde el chorro de la fuente era el único sonido que se escuchaba.

Creía Andrés que la chica de la fotografía debía de ser la última pareja estable que tuvo Miguel Ángel. Hallarla a ella era hallar a su familia. Las tres de la madrugada no era el mejor momento para hacer ninguna gestión. Al día siguiente podría ponerse en contacto con la Policía local de Caldes d'Estrac, allí aún tenía algún conocido al que poder llamar. También llamaría a los Mossos d'Esquadra de Mataró para avanzar alguna gestión. Era importante saber quién vivía en la Avenida Gatassa.

«Igual la chica de la foto estaba allí y no sabía nada de la muerte de Miguel Ángel. Estaría preocupada», pensó Andrés.

—La pena es que hoy no echen en la televisión *Cuarto milenio* —dijo la policía de prácticas.

En su mano sostenía el mando a distancia mientras iba cambiando los canales de la televisión.

—Creo que solo lo echan el domingo —dijo Andrés.

—A mí me gustan esos programas.

—Todo mentira —aseguró Andrés—. Todo eso es un rollo. No sé cómo la gente puede creerse esas cosas. Ritos, espíritus, magia, sobrenatural, platillos volantes... Todo eso son fantasías inventadas en los pueblos para asustar a la gente.

—Bueno, tampoco lo sabemos todo, ¿no? —cuestionó Diana.

—Mira, en los años que estuve en Girona se produjo el secuestro de Publio Cordón, ¿sabes quién era?

Diana negó con la cabeza.

—Me suena el nombre —dijo.

—Era un empresario al que secuestraron los Grapo. ¿Los Grapo sí que sabes quiénes eran?

—En la Academia nos hablaron de ellos —dijo Diana—. El Silva Sande y el Arenas, ¿verdad? Terroristas.

—Exacto, tú lo has dicho: terroristas. Los Grapo se tenían que financiar y al principio lo hicieron con secuestros. Eran unos chapuceros, igual que cuando les dio por asaltar furgones blindados. Bueno, a lo que voy, cuando estaba en Girona se presentó un día una vidente de esas, una especie de pitonisa.

Diana se rio cuando Andrés dijo «pitonisa», le hizo gracia la palabra y la forma de decirla el veterano policía.

—En esa época yo estaba en la Brigada de Información.

—¡Uf!, —exclamó Diana—. ¿Estuviste en Información?

—Unos años —afirmó Andrés.

—Me parece increíble que habiendo estado en Información —dijo Diana— ahora estés aquí, en esta paupérrima comisaría.

A Andrés le chocó que la chica de prácticas utilizara una palabra así: paupérrima.

—Uno tiene que estar donde tiene que estar —dijo como respuesta.

Andrés pensó que a su compañera de turno no le interesaba para nada que él estuviera en Huesca después de separarse de su mujer, Georgina. Para el veterano policía ese tema formaba parte de su pasado más susceptible de ser olvidado. Obvió explicarle nada.

—¿La vidente? —retomó la conversación Diana.

—La pitonisa llegó con el cuento de que sabía dónde estaba secuestrado el empresario. El policía de seguridad nos avisó, ya que ese tema lo llevaba la Brigada de Información. Nada más verla no nos dio ninguna confianza. Tenía los ojos de loca y la mirada como ida. Todos pensamos que lo único que quería era llamar la atención.

—¿Qué os contó? Porque os contaría algo, ¿no?

—Bah —chasqueó Andrés—. Había visto en una sesión de espiritismo el lugar donde estaba encerrado el empresario. Nos dio unas referencias, una casa, unos árboles, un río. Por lo que dijo esa loca, Publio Cordón estaba en un zulo de un bosque de Cassà de la Selva, un pueblo de la provincia de Girona, a muy pocos kilómetros de la capital. Estuvimos un par de días con ella. Caminamos por el bosque y nos pusimos de barro hasta las cejas. Nada, humo —concluyó Andrés.

—No todas las videntes tienen que ser buenas —dijo Diana.

—¿Tú crees en esas cosas?

A Andrés le parecía extraño que una chica tan pragmática, según pudo percibir de ella, creyera en cosas sobrenaturales.

—No mucho —respondió—. Para qué te voy a engañar. Pero también pienso que hay muchas cosas que no sabemos. Supongo que el empresario ese no apareció, ¿verdad?

—Supones bien. Perdimos el tiempo haciendo caso a la pitonisa.

—Al menos lo intentasteis —dijo Diana—. Una cosa es no creer en algo y otra bien distinta es no intentarlo.

—¡Bah! —gruñó Andrés de nuevo—. Cuando el diablo no sabe qué hacer, mata moscas con la cola —dijo.

Diana recordó haber leído esa frase en un azulejo de una tienda de recuerdos de Arenys de Mar. Le hizo mucha gracia oírla de boca de su compañero de turno.

—¿Has grabado ya los partes de hospedería? —le preguntó Andrés a la joven policía.

—Casi —respondió ella—. Esta tarea es muy pesada y la voy haciendo poco a poco.

—Haces bien. No tengas ninguna prisa. Ya verás como por la noche tienes tiempo para todo. El reloj va más lento. Y cuando lleguen las cinco de la madrugada se enlentece hasta un punto insoportable. Ningún policía quiere trabajar de noche. En cuanto jures el cargo mira de buscarte un agujero.

—No me gustan los agujeros —dijo Diana—. Eso es para policías que no tienen vocación.

—Todos perdemos la vocación en algún momento.

—Yo no soy «todos» —dijo Diana—. No quiero pasar los próximos cuarenta años de mi carrera como policía metida en un agujero de las plantas nobles —dijo refiriéndose a las plantas de los jefes—. Riéndoles las gracias al comisario y a los inspectores jefes. Yo entré aquí para ser policía —dijo despacio, como si estuviera deletreando.

—Me voy a descansar un rato —dijo Andrés reclinándose en la silla de la oficina.

Con su gesto dio por zanjada la conversación. Diana salió al patio a fumar.

13

Mientras Andrés Hernández sucumbía al sueño de la noche, mirando y remirando la fotografía de esa chica que halló en las pertenencias de su amigo de la infancia, Diana Dávila, la policía en prácticas, arrojó el cigarrillo que sostenía entre sus dedos en el cenicero de la cornisa de la ventana. Su vida había cambiado radicalmente en los últimos tres años. Y algo le unía a Andrés Hernández: los dos provenían de la provincia de Barcelona y los dos no sabían qué hacían en Huesca.

Poco antes de entrar en la Policía, Diana estuvo trabajando en el bar Mir de Arenys de Mar unas cuantas semanas en el invierno de 2007, cuando ella contaba dieciocho años. Necesitaba dinero para subsistir y en la costa del Maresme el trabajo era precario en invierno. Hacía ya unos meses que terminó la temporada estival y los bares y chiringuitos de playa habían cerrado sus puertas hasta el verano siguiente. Si en aquella época alguien le hubiese dicho que tres años después entraría en la Policía nacional, la chica le hubiera respondido: «Tú estas loco.»

La idea de entrar en la Policía nacional no cuajó en su mente hasta poco antes de cumplir los dieciocho años, cuando asoció policía y poder. Ser policía era una forma de autoridad, y esa superioridad fue lo que más llamó la atención de Diana. En ocasiones se había imaginado a esos hombres babosos, que la pretendían, intimidados por su autoridad. Se preguntaba cómo se comportarían ellos si supieran que ella era policía. La chica había fantaseado sobre el miedo reflejado en los ojos de esos puercos, como los llamaba ella.

En abril de 2007 Diana cumplió los dieciocho años y alcanzó la tan ansiada independencia. Para ella, ser mayor de edad era tener control sobre su vida. Huérfana de padre, su madre se había establecido años atrás en Canet de Mar, en el Maresme barcelonés, donde estuvo trabajando en varios chiringuitos de playa durante el verano. Y en invierno alternaba entre un bar de la Riera de Sant Domènec, en pleno centro neurálgico de la villa, y algún trabajo esporádico como limpiadora que le salía en alguna casa de la parte alta.

Diana siempre vio a su madre como una mujer sin aspiraciones, que se deslomaba para llevar dinero a casa de forma digna, y ciertamente a la chiquilla nunca le faltó nada, gracias al esfuerzo de su madre. Repudió de manera sistemática las relaciones que tuvo su madre, siempre con hombres casados y mayores que ella. Esos hombres que su madre llevaba a casa miraban a la joven Diana con ojos de lujuria, como si la chiquilla tuviera que sentirse atraída por ellos.

—Tienes una hija muy guapa —le dijo uno de ellos cuando accedió al salón de la casa una tarde de principios de verano, cuando Diana contaba doce años.

Diana estaba sentada en el sofá, arrepanchigada. Vestía con una fina camiseta de tirantes que su madre siempre censuró, y a través de la fina tela traspasaban sus dos pezones, como si fueran dos botones rosados. La chica se percató de que aquel amante de su madre había clavado los ojos en sus pechos.

—¿Cuántos años tienes? —le preguntó.

—¡Vamos! —le dijo la madre de Diana a su amante—. Deja a mi hija en paz.

Los dos se metieron en la habitación y Diana se quedó en el comedor viendo la televisión. A Diana le daba un asco tremendo oír cómo ese hombre gemía. Se lo imaginó encima de su madre babeando y sudando como un puerco. Y lo peor de todo es que se imaginó que mientras ese hombre hacía el amor con su madre, estaría pensando en ella. Pero le dio morbo el poder que eso le confería. El poder que una mujer guapa puede ejercer sobre un hombre.

Diana estuvo estudiando en Arenys de Mar, a tres kilómetros de distancia de Canet. Cada día iba con un autobús que la recogía al pie de la carretera y luego, por la tarde, la dejaba de nuevo a las seis en el mismo sitio. Su madre casi nunca estaba en casa, siempre trabajando. La chica ansiaba cumplir la mayoría de edad para emanciparse y vivir la vida con la que siempre soñó. Ella quería ser algo más que su madre, que no era, a sus ojos, nada. Para Diana, su madre era una don nadie.

Desde los quince años no le faltaron pretendientes a la joven Diana, ya que era una mujer atractiva y con una delgadez enérgica que siempre atraía a los hombres. Pero su mayor atractivo era su sonrisa, heredada de su madre. La sonrisa de una mujer puede ser el mayor de los estímulos para un hombre. A los diecisiete años ya se percató de que esa sonrisa, unida a su físico, podía reportarle dinero fácil, si sabía cómo hacerlo. Comenzó en esa época a encandilar a hombres maduros, que veían en la chiquilla una impúdica lujuria, y ella empezó a darse cuenta de la rentabilidad que podía sacarle a esa atracción. Los hombres maduros por lo general estaban casados y disponían de dinero. Lo de estar casados era bueno, ya que no podían encapricharse de Diana, y ella sabía que siempre regresarían a sus hogares. Con esos hombres no era necesario llegar hasta el fin, sexualmente hablando, bastaba una sonrisa, una caricia, unas buenas palabras, para que los añosos, como los llamaba ella, con relación a que tenían muchos años, soltaran el dinero para sus necesidades.

El verano de 2007, Diana fue con dos amigas de Arenys de Mar a la playa. Era una cala pequeña que había al lado del puerto pesquero. Las tres contaban diecisiete años de edad. De las tres, Diana era la mejor dotada y su físico resplandecía bajo el diminuto biquini de color rojo. Un hombre de unos cincuenta años, y de buenos modales, se acercó hasta las chicas y les regaló un cucurucho de vainilla a cada una. Enseguida se dieron cuenta de que lo que aquel *añoso* quería era ver cómo ellas chupaban el helado.

—Para las chicas más guapas de Arenys —dijo sonriendo y mientras sostenía los tres helados en la mano derecha.

Las dos amigas de Diana se cortaron un poco, pero ella, lejos de amilanarse, cogió el cucurucho, lo desenvolvió con lentitud irritante, y acto seguido se lo metió en la boca hasta casi la mitad, resbalando un hilo de vainilla por su barbilla.

Aquel hombre no pudo detener una escandalosa erección que amenazaba con reventarle el pantalón del bañador.

—Mmmm, qué bueno —dijo Diana mientras se relamía lujuriosa.

Sus amigas la miraron confundidas.

—Y vosotras —dijo el hombre—, ¿no os apetece chupar un poco?

Las dos amigas de Diana se volvieron a mirar, esta vez con un gesto entre sorpresa y vergüenza. Sorpresa por la situación y vergüenza por la conducta de su amiga, ya que no sabían las intenciones que tenía y por qué le seguía la corriente a ese viejo verde.

—A ellas les gusta chupar helados más calientes —dijo Diana, para mayor estupor de sus amigas.

—Oye... —dijo una de ellas—, a nosotras no nos metas en tus líos.

Entonces Diana mordió con furia el helado y terminó de tragárselo de un bocado.

—Bueno, por hoy ya he chupado un rato —dijo—. Otro día quizá chupe más y es posible que lo haga con un helado más grande y más duro.

El hombre se marchó sonriendo y arrojó los dos cucuruchos que le sobraron en una papelera. Las chicas vieron cómo se metía en un urinario público que había al lado de uno de los chiringuitos de la playa, posiblemente donde compró los helados.

—Pobre —dijo Diana con malicia—, ahora se tendrá que desahogar en el baño.

—Chica —dijo una de las amigas—, te has portado como una guarra total. Desconocía esa faceta tuya.

—Le está bien empleado por el atrevimiento —sonrió Diana, mientras se limpiaba la barbilla de los restos de vainilla del helado.

—Sí, pero ahora se la está cascando en el baño pensando en ti —dijo una de las amigas.

—Eso es —afirmó Diana—, se la está cascando pensando en mí, seguro.

A Diana se le ocurrió que ese añoso daría lo que fuera por masturbarse teniéndola a ella delante. Y su maquiavélica mente comenzó a calcular cuánto dinero le daría ese hombre por tenerla a ella delante mientras explotaba su miembro entre sus manos.

—Voy al baño —les dijo a sus amigas.

Ellas se miraron desorientadas. No sabían hasta dónde estaba dispuesta a llegar Diana con la broma.

—Supongo que todo esto es una broma, ¿verdad, Diana? —le preguntó una de las amigas.

Sus amigas ya sabían del carácter lanzado de Diana, pero lo que estaba haciendo ese día era excesivo.

Diana se adentró en los baños del chiringuito. Solo había una puerta, ya los había visitado en otra ocasión. Dentro había un inodoro bastante limpio para la cantidad de gente que lo utilizaba. Eran unos baños mixtos, tanto para hombres como mujeres, y también disponían de una ducha de agua fría, con el plato muy sucio.

—¿Hay alguien? —preguntó la chica aporreando la puerta.

Diana ya sabía que dentro estaba ese hombre, pero lo que no sabía es en qué fase de masturbación se hallaba.

El hombre reconoció la voz enseguida. Con mucho tacto, ya que sabía que la chica aún era menor de edad y podía meterse en un buen lío, dijo desde el interior:

—Un momento... —tragó saliva—. Enseguida acabo.

—¿Puedo ayudarle? —dijo Diana, ni corta ni perezosa.

La puerta del baño se entreabrió. El hombre asomó su frente, quemada por el sol, por el resquicio de la puerta.

—Ayudarme... ¿cómo? —se la jugó con la pregunta. Él no sabía hasta dónde estaba dispuesta a llegar esa chiquilla.

Diana ya había iniciado el camino y ahora no se podía echar atrás. Así que hizo su ofrecimiento y puso las condiciones. Si el añoso aceptaba habría ganado más dinero en unos minutos que trabajando en el bar dos semanas. La chica miró, a través de la puerta, la ducha. No había ningún riesgo, si él se propasaba podía gritar y los camareros del chiringuito la oirían y vendrían en su auxilio.

—Hace mucho calor —dijo Diana—, y me vendría bien una ducha. Si quieres —le dijo al hombre, mirándole el bañador que aún conservaba la erección—, puedes masturbarte mientras me ducho.

El hombre abrió los ojos tanto que casi se le salen de las órbitas. Al principio pensó que esa chiquilla estaba burlándose de él. Era inconcebible lo que le ofrecía: ducharse ante él.

—¿Por qué? —preguntó en un momento de cordura.

—Por cincuenta euros —dijo ella.

—¡Cincuenta euros por ver cómo te duchas! —clamó. Evidentemente le parecía mucho dinero.

—No —corrigió ella—. Cincuenta euros por masturbarte mientras me ducho. Yo te miraré mientras lo haces.

—Por ese dinero deberías masturbarme tú —dijo el hombre, visiblemente ofendido—. Es mucho dinero.

Diana había iniciado el trato y no quería echarse atrás; aunque aún estaba a tiempo, todavía no había entrado en el baño. Pero no quería mantener ningún tipo de relación con ese hombre, que aunque aseado y pulcro, no dejaba de ser un cincuentón baboso.

—¿Y si me ducho desnuda?

Para el hombre, lo de ducharse desnuda eran palabras

mayores. Ver a esa preciosidad ducharse desnuda mientras se masturbaba era más de lo que podía aspirar. Estuvo tentado a preguntarle la edad, pero no lo hizo para no romper el encanto. Sabía que si no tenía los dieciocho, estaría rondándolos.

—Está bien —accedió—. ¿Sabes que eres una guarrilla?

Diana pensó que el lenguaje obsceno formaba parte del juego erótico, así que no le importó.

En apenas unos minutos ella se metió en la ducha desnuda y dejó que el agua fría resbalara por su cuerpo, erizándole los pezones, mientras que aquel maduro explotó apoyado en el lavabo. Diana vio sus nalgas peludas balanceándose a través del espejo resquebrajado.

Cuando salió del baño, Diana se metió los cincuenta euros en su monedero y se preguntó cómo es que aquel hombre llevaba tanto dinero encima y si ella podía haberle pedido más. Le comenzaron a temblar las piernas por el mal rato pasado, pero el dinero ganado, más de lo que ganaría en un día entero trabajando de camarera en algún chiringuito de Canet, era suficiente para aplazar cualquier remordimiento. Su virginidad seguía intacta y tan solo tuvo que ducharse desnuda ante un añoso.

—¿Por qué has tardado tanto? —le preguntaron sus amigas cuando salió de los baños de la playa.

Diana estaba muy nerviosa y apenas pudo responder.

—Me he dado una ducha —dijo.

—¿Una ducha? —preguntó una de sus amigas—. ¿No se la habrás chupado a ese cerdo? —sonrió.

Diana sonrió angustiada, como si acabara de tomar conciencia de lo que había hecho.

—No —negó tajante—, ese puerco me da asco. He dejado que me mirara mientras me duchaba.

—¿Por dinero?

—Sí, le he sacado doscientos euros —mintió Diana. Pensaba que si les decía a sus amigas que solo había cobrado cincuenta euros por dejar que ese hombre se masturbara ante ella, ellas pensarían que era una puta barata.

—Pero Diana..., eso es lo que hacen las putas.

—No —se defendió ella—. Las putas follan por dinero y yo solo me he duchado, algo que hago cada día.

—Te has duchado por dinero.

—Me he duchado porque quería ducharme —elevó la voz Diana—, y un puerco me ha pagado por ello.

Mientras hablaban el hombre salió del baño. En su rostro se dibujaba una sonrisa ligeramente lasciva. Miró hacia donde estaban las chicas y arrugó los labios como si quisiera mandarles un beso.

—Ese tío es asqueroso —dijo una de las amigas de Diana.

—Los hombres a esa edad siempre son unos asquerosos —replicó ella.

Sus amigas se fueron, dejándola sola en la playa. Los ojos de Diana divagaron por el espigón más cercano al chiringuito y recordó como cuando ella tenía trece años inició una relación con un chico de Caldes d'Estrac, Javier. Javier Romanos era un atractivo quinceañero de pelo liso y largo. El chico había dejado el colegio ese año y le gustaba pavonearse por delante de las clases de las modosas chicas de Caldes. Diana lo veía guapo, pero también engreído, y esa fanfarronería le desproveía de encanto. Pero pese a todo se fijó en él. Y quizá por un afán de competitividad respecto a sus compañeras, Diana se aventuró a iniciar una relación con Javier Romanos. La relación comenzó en Semana Santa y consistió en quedar los sábados por la tarde en el espigón del Port Balís. Allí se fumaban unos cuantos cigarrillos y se besuqueaban hasta que la boca de Diana se secaba. Ella no le encontraba sentido a estar casi una hora morreándose con un chico. Durante el prolongado besuqueo su excitación iba en aumento, pero llegaba un momento que no avanzaba más y lo único que conseguía era un estado de ansiedad que la dejaba nerviosa durante el resto del fin de semana.

El siguiente fin de semana Javier le pidió que le masturbara. El chico se bajó la cremallera de sus pantalones vaqueros y le indicó cómo debía masajear su miembro erecto. Diana quiso complacerlo y manoseó su falo lentamente hasta que el chico explotó. Luego él quiso satisfacerla a ella y deslizó sus dedos por debajo de su pantalón, frotando insistentemente. Pero la inexperiencia del chico solo consiguió que el sexo de Diana se escociera y le produjo un malestar que le duró varios días.

En tres semanas los dos habían mejorado notablemente y él aprendió de ella y ella de él. Diana lo masturbaba con lentitud al principio, acelerando el manoseo al final y consiguiendo que el chico explotara. Se desplazaron a la última roca del espigón, y Diana conseguía que el líquido que arrojaba Javier fuera directamente al mar. Ella comenzó a vestir falda corta, algo que facilitaba el refriego del chico. En unos meses ya se iban a la roca del espigón con una toalla de playa para estar más cómodos. Diana besaba en la boca a Javier sin dejar de manosear su miembro, consiguiendo que el chico agonizara antes de llegar al final. Él era capaz de restregar sus dedos en el sexo de ella mientras lamía alternativamente sus pezones, algo que la hacía gemir escandalosamente. Javier tenía un problema familiar muy grave: su madre era alcohólica. Todos los del pueblo sabían el problema que tenía la mujer con la bebida. Su padre era un ludópata que se gastaba todo el sueldo que ganaba trabajando de obrero, en las máquinas de los bares que circunvalaban la zona donde vivían. A Diana nunca le gustó ese hombre. Él la miraba con una lascivia exagerada. No le gustaba cómo clavaba sus ojos en sus pechos. Pero sobre todo lo que no le gustaba era cómo trataba a su mujer. Diana había llegado a entender que la madre de Javier bebiera. No podía ser más despreciativo con ella. Diana sabía que la relación con Javier no iría más allá de la puramente sexual. Con una familia así nunca conseguiría estabilidad.

La pareja quedaba siempre en casa de Javier antes de ir al espigón donde se masturbaban.

—¿Adónde vais? —les preguntaba el padre.

—A dar una vuelta —respondían los dos.

La madre casi nunca estaba en casa. Se pasaba las tardes del fin de semana pululando por todos los bares de Caldes d'Estrac, donde dejaba dinero a deber. Diana siempre se preguntó si esa mujer no pagaba la bebida con sexo. Pero el afecto que sentía hacia Javier le hizo omitir cualquier tipo de comentario de ese tipo con él, no quería ofenderle.

Una tarde de sábado del mes de junio, cuando la claridad todavía alumbraba el espigón donde la pareja retozaba, Diana se encontraba tumbada sobre la toalla de playa, mientras que Javier desplazaba furiosamente sus dedos en su sexo y con una habilidad increíble le lamía los pezones. La chica estaba completamente desnuda y arqueaba su espalda con pasión. Le faltaba muy poco para explotar. Javier había conseguido hacerla llegar a la cima del placer. Y fue en ese momento, cuando alcanzó el cenit, cuando vio la cabeza del padre de Javier asomando por detrás de unas rocas del espigón. El baboso asqueroso les espiaba. Los gritos de placer de Diana se confundieron con los gritos del asco que sintió al sentirse observada por el padre de Javier. Aquel hijo de puta espiaba a su hijo mientras este masturbaba a su novia.

—Hijo de puta —gritó Diana.

Javier pensó que Diana estaba disfrutando más que nunca y siguió frotando su sexo. Ella lo apartó de una patada que le propinó en el estómago con su pie descalzo.

—El hijo de puta de tu padre está ahí —le dijo chillando.

Diana no podía apartar de su mente el recuerdo de la cabeza sudorosa del padre de Javier asomando por encima de la roca del espigón. No podía olvidar su pelo blanquecino, su frente despejada, sus ojos abiertos. Con el tiempo empezó a imaginárselo mientras se masturbaba al unísono de los orgasmos de ella. Esa imagen era repugnante. Lo odiaba, odiaba a los padres de sus amigos, odiaba a los hombres maduros.

—Voy a comer algo —le dijo Andrés Hernández, abstrayendo a Diana de sus pensamientos—. Ya tengo hambre.

Ella apagó el cigarro en el cenicero de la ventana y se sentó en la silla de la Sala del 091 para seguir grabando los partes de hospedería de esa noche.

—Que te aproveche, Andrés.

—Me voy a la parte de atrás —le dijo Andrés—. Allí estaré más tranquilo.

En la parte trasera de la Sala del 091 los policías disponían de un cuarto con una nevera y un aparato microondas donde podían comer sin ser molestados.

—Hasta lueguito —le dijo Diana.

Andrés recordó que era ya la segunda vez que le oía esa expresión a Diana: «hasta lueguito».

14

En el silencio de la noche de la Sala del 091 Diana Dávila se marchó al baño, y Andrés se quedó ensimismado, mirando la fotografía de la mujer que llevaba Miguel Ángel en su cartera.

—¿Quién eres? —se preguntó en voz alta—. Si al menos hubiera puesto su nombre en el reverso, o alguna fecha.

Con la madre de Miguel Ángel muerta y su hermana en paradero desconocido, en Italia, la única posibilidad que le quedaba a Andrés de localizar alguien que se hiciese cargo del sepelio de su amigo era la chica de la fotografía. Hasta el día siguiente no podría hacer gestiones con la Policía de Mataró para localizar a la hermana. Pero mañana era mañana y aún le quedaba mucha noche al veterano policía. No se podía estar quieto. Hiciese lo que hiciese esa noche siempre tenía que ser hacia delante. La fotografía le mantenía entretenido.

Recordó el veterano policía las fotografías antiguas que ponían el sello del fotógrafo que las hizo, eso le hubiera servido de mucha ayuda. Pero la fotografía que sostenía entre sus manos era de una Polaroid y no había nada escrito en el reverso. La mente de policía de Andrés comenzó a trabajar. Tenía que averiguar dónde se había tomado esa fotografía. Al fondo se veía un paisaje playero con el mar llano y azulado, todo lo azul que una Polaroid podía reproducir. En primera línea se veía un grupo de palmeras, ocho contó Andrés. E intercaladas de forma equidistante, seis farolas, puede que hubiera más, pero al menos dos era posible que estuvieran detrás de las palmeras. Paseando en la arena de la playa había un hombre de espaldas, vistiendo de blanco, su aspecto era de anciano. En la parte superior de la fotografía había las catenarias de un ferrocarril y, aunque no se veía en la foto, supo Andrés que esa chica estaba al lado de la vía del tren. No era mucho, pero ya sabía que la misteriosa mujer se hizo la foto en algún lugar de la costa, puede que del Maresme barcelonés, entre la playa y la vía del tren. Andrés sabía que el tren de cercanías recorría toda la costa desde Blanes hasta Barcelona, paralelo a la carretera nacional. Como última posibilidad, y si no le quedaba más remedio, podía recorrer toda la costa entre esos tramos e ir mirando hacia el mar hasta encontrar el punto exacto.

Enseguida se dio cuenta de la locura que se le había ocurrido, pero puede que no tuviera que ir muy lejos, ya que era posible que la fotografía se hubiera hecho en la playa de Mataró, donde vivía Miguel Ángel.

«¿Qué sentido tendría que se hubiera ido más lejos?», se preguntó.

La chica de prácticas regresó del baño. Alrededor de la mesa que había en la habitación contigua de la Sala del 091, se sentaron Diana y Andrés. El veterano policía desenvolvió un bocadillo de jamón que le entregó la chica y Diana abrió un paquete de galletas de régimen que había sacado de la máquina.

—¿Has subido el volumen de la emisora? —le preguntó Andrés.

Diana asintió con la cabeza sin hablar.

Al haberse alejado de la Sala del 091 tenían que subir el volumen de la emisora. En el caso de entrar una llamada deberían asegurarse de poder oír el timbre de la centralita.

—Gracias por el bocadillo —le dijo a la chica—. ¿Solo cenas eso? —le preguntó Andrés sonriendo—. ¿No prefieres comer el bocadillo? Ya te he dicho que no tengo mucha hambre.

—Igual más tarde me como una palmera de chocolate —dijo Diana mientras aplastaba el plástico de las galletas y lo arrojaba a la papelera—. Ahora no me apetece comer jamón.

Los dos sonrieron.

—¿No serás musulmana? —le preguntó Andrés.

Diana se encogió de hombros. No había entendido la pregunta.

—Por el jamón. Como me has dicho que no te apetece comer jamón.

La chica sonrió de nuevo.

—No, qué va. Solo me faltaba eso —dijo—. Nunca he comprendido por qué los musulmanes no pueden comer cerdo.

Andrés tampoco tenía respuesta para eso.

—Cosas de la religión —simplificó.

—¿Cuántos años llevas en la Policía? —le preguntó Diana.

A Andrés no le sorprendió esa pregunta, le pareció apropiada viniendo de una policía en prácticas. Supuso que para ella todo era nuevo.

—Pues llevo veinte años justos, entré con veinticinco

y hoy cumplo los cuarenta y cinco —dijo poniendo énfasis en su edad.

Al veterano policía le gustaba que le dijeran que no aparentaba los años que tenía, pero Diana no recaló en ese detalle.

—¡Hoy cumples años! —dijo haciéndose la sorprendida. Ya sabía, por Lisandro e Iván, que hoy era su cumpleaños, pero como ignoraba si Andrés quería que se supiese, fingió desconcierto—. Brindaremos con champán, ¿no?

Andrés sonrió algo incómodo.

—Quizás otro día —dijo—. Hoy...

Diana recordó que hacía unas horas se había enterado de la muerte de un amigo de su infancia y empatizó con el pesar de su compañero.

—¡Vaya! —lamentó—. No he sido muy sensible a lo ocurrido.

—No te preocupes —le dijo Andrés—. Son cosas que pasan.

—Ha debido de cambiar mucho la Policía desde que entraste tú —dijo la chica.

—Yo entré en los noventa, entonces las cosas eran diferentes, desde luego. —Andrés cogió aire—. ¿Te suena el nombre del Nani? —preguntó de sopetón.

Diana negó con la cabeza.

—Pero... ¿habrás oído hablar de él?

—No —dijo tajante—. ¿Quién es?

—El Nani era un delincuente de los años noventa, muy conocido en los círculos de la Policía judicial de Madrid.

—¿Y por qué me preguntas por él? —dijo Diana.

—Bueno, es que en la época que entré en la Policía se hablaba mucho de él y de las circunstancias de su desaparición.

—¿Desaparición?

—Nunca han encontrado su cuerpo y nunca se ha sabido qué ocurrió —dijo Andrés—, pero cuando entré en la Policía era un tema candente y todavía coleaba la historia del Nani. Hace ya muchos años de eso.

Andrés puso un énfasis especial al nombrar al Nani.

—¿Y por qué me hablas de eso? —preguntó Diana, yendo directamente al grano. La chica intuyó que Andrés quería contarle algo—. Antes eras reacio a contar batallitas —le dijo.

—Son cosas que pasaban antes y de las que se hablaba mucho —siguió hablando Andrés—. Yo hice las prácticas en Madrid, en el año 1991. Entonces estuve un tiempo de alumno en la Brigada Central de la Policía judicial y el tema estrella era la desaparición del Nani. Juzgaron a cinco policías como integrantes de una supuesta mafia policial. El Nani era un atracador y unos años antes había asaltado una joyería que había en la calle Tribulete, actualmente ya no está esa joyería y en su lugar hay una clínica dental, al menos la última vez que pasé por allí es lo que había.

Diana sonrió.

—¿Tribulete? Eso me suena a Mortadelo y Filemón.

Andrés no hizo caso de su comentario, no le pareció gracioso.

—La judicial detuvo al Nani por el robo de la joyería y tras un interrogatorio nunca más se supo de él.

—¿Desapareció?

—Por completo. Como si se lo hubiera tragado la tierra. El caso es que tampoco se hallaron las joyas que dicen que robó.

—¿Se las quedaron los policías? —preguntó Diana arrancándole las palabras a Andrés.

—Imagino que así fue. Bueno, no lo sé. Yo entré en la Policía en junio de 1990. Ese mes fue el juicio a los policías que participaron en la desaparición del Nani, así que no se hablaba de otra cosa en cualquier comisaría de Madrid. A mí me contó la historia uno de los policías que estuvo destinado en la misma comisaría donde se practicaron los interrogatorios.

—Luego es cierto que antes se hacía eso —se asombró Diana.

—Eso y más. Ya te he dicho que la Policía ha cambiado mucho desde entonces. Este que te digo me contó lo de «la mesa».

—¿La mesa?

—Sí. Era una práctica muy extendida, especialmente por la Policía judicial. Al detenido se le ponía un casco y los policías se turnaban para golpearle.

—¿Un casco?

—Sí, un casco de moto. Así no dejaban marcas en su cara de los golpes.

—Uf —resopló la chica—, me parece increíble que ocurrieran esas cosas de verdad.

A Diana le sonó a película la historia de Andrés. Era algo increíble, pero trató de remontarse a esos años y pensó que quizás ocurrieran esas cosas realmente.

—A principios de los noventa había mucho miedo en la Policía. Los jueces se habían puesto serios con los abusos policiales y comenzaron a juzgar a varios agentes como integrantes de la mafia policial.

—¿Fue cuando lo de Roldán?

—No, no —negó Andrés—. Lo de Roldán fue más tarde, yo ya llevaba varios años en la Policía. Eso fue distinto.

Diana no sabía muy bien qué pasó.

—¿Roldán también era policía o guardia civil? ¿No?

—Qué va. Era el director de la Guardia Civil. Pero fue

juzgado por malversación. No son comparables los dos casos.

—Ya ves que no entiendo nada de eso —se disculpó Diana—. Aunque leo la prensa con regularidad, paso por encima de las noticias políticas.

—Tú eres muy joven aún y todas esas cosas ocurrieron mucho antes incluso de que tú nacieras.

—Mucho, pero mucho —dijo Diana—. Yo nací en 1989 —se molestó.

Para una persona joven es insultante insinuar su inexperiencia. Andrés no se dio cuenta de ello y siguió hablando.

—La vida no era fácil para nadie. Ahora hay muchas comodidades y más cultura —dijo Andrés, sin que Diana entendiera la relación entre esos dos términos.

—¿Comodidad y cultura?

—Bueno, quiero decir que se vive mejor, se tiene de todo y hay cultura suficiente como para saber qué queremos y qué tenemos.

—¿Por qué me cuentas eso?

—Para que veas que los policías de antes eran unos incultos, unos catetos. Y pasaba lo que pasaba por culpa de esa carencia de entendederas. Llegaban a los cuarenta sin apenas haber leído un libro nunca y preocupándose únicamente por tener el mismo nivel de vida que aquellos a los que detenían.

Diana se imaginó al tipo de policía que pagaría cincuenta euros por verla ducharse desnuda. Enseguida desechó ese pensamiento a riesgo de que Andrés la malinterpretara por su sonrisa burlona.

—Supongo que toda la sociedad ha cambiado y que la Policía, como parte de la sociedad, lo ha hecho al mismo ritmo.

—Más lento —dijo Andrés—. La policía va cambiando, pero más lentamente que la sociedad a la que protege.

—¿Y la Guardia Civil?

—¿Qué pasa con la Benemérita? —preguntó Andrés sin entender a Diana.

—Ellos también han cambiado, ¿no?

—También, por supuesto. Todos han cambiado. Pero a la Guardia Civil aún le queda un camino más largo que recorrer, ellos siguen siendo militares.

—Militares *light* —puntualizó la policía de prácticas.

—*Light*, pero militares a fin de cuentas. La dinámica de los militares es distinta; ellos no piensan como nosotros. Ellos obedecen.

—Parece que no estás muy conforme con la Policía que había cuando tú entraste en el cuerpo —dijo Diana, percibiendo que Andrés tenía ganas de hablar.

—Ocurrían cosas que no estaban bien y nadie les ponía remedio.

—¿Tráfico de drogas? —preguntó Diana.

—¿Por qué me preguntas eso?

—No sé, es lo que siempre sale en las películas. La imagen del policía corrupto está asociada siempre al tráfico de drogas.

A Diana le vino a la mente el recuerdo de la película *Traffic* y se excitó recordando al actor Benicio del Toro. Desde que vio esa película, que había fantaseado con hacer el amor con él.

—No, qué va —negó Andrés—. En España no se estila eso del tráfico de drogas. Eso es para los americanos. Cada país tiene sus propias especialidades delictivas e incluso se pueden desglosar por etnias.

Diana abrió los ojos. La conversación con Andrés la estaba desadormeciendo.

—Sí, mira, te pongo un ejemplo: a los chinos les encantan las máquinas tragaperras, a los gitanos el fumar, a los negros la droga, a los rusos el vodka, a los árabes las carteras, a los rumanos las tiendas...

La chica de prácticas se puso en pie y se acercó a la ventana. Se disponía a fumar un cigarro.

—Lo que quiero decir es que cada uno tiene una especialidad asociada a una forma de ser. Si alguna vez identificas a un gitano en la calle, y sobre todo en su barrio, asegúrate de estar respaldado por al menos dos coches más de policía.

—¿Por?

—Los gitanos son todos familiares entre sí. ¿No has oído que siempre se llaman entre ellos primos; aunque no sean parientes? Si en una identificación en la calle la emisora te dice que hay que detener a un gitano, el resto de los gitanos que haya cerca harán lo imposible porque no te lo lleves. Te será muy difícil hacer que suba al coche de policía.

—Entiendo —dijo Diana—. Los gitanos van todos a una.

—Es una forma de decirlo. Si ingresan a un gitano en el hospital, en la puerta se concentran cientos de ellos esperando el resultado. Si lo detienen y lo llevan a la comisaría, a los pocos minutos llegarán varias docenas de gitanos a la puerta.

—Se les puede detener por coacciones —sugirió Diana.

—No es tan sencillo. En esos casos hay que negociar.

—¿Negociar?

—Sí, los gitanos siempre tienen un patriarca al que el resto venera. Nadie contradice al patriarca. Si alguna vez tienes un problema con gitanos haz lo posible por hablar con el patriarca. Si te llevas bien con él nunca tendrás problemas con un gitano. Pero... —añadió Andrés—, nunca te metas en territorio gitano sin el permiso del patriarca.

—¿Y los moros? —preguntó Diana.

—Mmmm, esos son harina de otro costal. Cuando tengas que identificar a un moro en la calle y el resultado de la Sala del 091 sea que lo has de detener, no te preocupes por los demás moros: cada uno irá a lo suyo y no se preocuparán por su amigo. Lo podrás meter en el coche de policía y llevarlo a comisaría sin ninguna objeción.

—¿Son más pasotas?

—No es eso, más bien que cada uno mira por lo suyo. En ese sentido no interfieren en la labor de la Policía.

—¿Y los rumanos?

—Los rumanos son más como los gitanos. De hecho hay muchos rumanos de etnia gitana. No es la primera vez que hay que detener a una familia al completo. ¿No has visto como las furgonetas de la Brigada de Extranjería son de diez plazas?

Diana asintió.

—¿Y los rusos?

—¿Los rusos? —repitió la pregunta de la chica—. Los rusos son muy peligrosos. Si alguna vez identificas a un ruso y la Sala del 091 te responde que es código diez.

—Ingreso en prisión —dijo Diana.

—Así es, si la emisora dice «código diez» quita la presilla de tu arma enseguida. Si es ruso irá armado y si va armado no se dejará coger con vida. Y si hay más rusos con él, entonces coge la escopeta del coche y llena el cargador, la vas a necesitar.

Las explicaciones de Andrés habían estimulado a Diana. Sus ojos se abrieron como dos platos.

—¿Y los chinos?

—Ningún problema. Obedientes y sinceros. Los chinos lavan los trapos sucios en casa.

—¿Es cierto que nunca se ha visto un entierro chino,

que sus muertos los deshuesan y los sirven en sus restaurantes?

Andrés se carcajeó estruendosamente.

—Eso dicen —sonrió—. No, lo que pasa es que los chinos quieren ser enterrados en su lugar de origen. No son nada escandalosos y muy trabajadores. Como te he dicho: con los chinos pocos problemas.

—¿Los negros?

—Depende de dónde sean. Gambianos y senegaleses, gente honrada y trabajadora. Han sufrido mucho en sus países de origen como para buscar complicarse la vida por aquí. De todas formas en Huesca pocos verás, están más por el sur.

—¿Sudamericanos? —siguió preguntando Diana.

—Depende del país. Colombianos ya sabes lo que hay con ellos.

—Son traficantes.

—No todos, por supuesto. No se puede estigmatizar a toda una nación, pero cachéalos bien que seguramente llevarán droga. Pocos problemas con argentinos y chilenos.

—¿Ecuatorianos?

—Les encanta beber. Son muy de la cerveza. Los problemas son para la Policía local y los controles de alcoholemia.

—¿Dominicanos?

—Les gustan las peleas. Son bastante comunes los altercados entre dominicanos y ecuatorianos. No sé qué historia tienen en su país que no se pueden ver entre ellos. Si se juntan terminan peleándose.

—¿Y...?

—Soooo —dijo Andrés—. Poco a poco, Diana. Está bien que preguntes para aprender, pero no quieras aprender todo en una noche.

—Una pregunta más —dijo la chica.

Andrés asintió con la cabeza.

—¿Un café? —le preguntó Diana mientras recogía las migas de las galletas de la mesa.

—Me vendrá bien —replicó.

Y Diana se levantó encaminándose a la máquina de café, mientras Andrés resbaló los ojos por su espalda y se detuvo en su culo. Ella se dio cuenta y por un momento se sintió observada por un maduro cuarentón de los que quizá pagarían por verla ducharse desnuda. Pero él no era así, o al menos ella no lo veía como los añosos de Arenys y de Canet que conoció tres años antes, ni siquiera como el asqueroso padre de Javier Romanos que la observaba mientras se corría bajo los dedos de su hijo, Andrés se parecía más a Dionisio Plazas. Para la policía en prácticas Andrés era una buena persona.

15

Mientras la máquina de café llenaba el vaso de plástico, Diana recordó las semanas que trabajó en el bar Mir de Arenys de Mar en el invierno de 2007. Tan solo hacía tres años y los recuerdos le vinieron a la mente como si solo hubieran pasado unas horas.

«¿Qué pensarían ahora, si me vieran, aquellos hombres maduros que se masturbaban mientras me duchaba? ¿Qué pensarían ahora que soy agente de la Policía nacional —se preguntó—. Seguramente me respetarían —se dijo—. Seguramente me temerían.»

A Dionisio Plazas lo conoció una tarde cuando entró en el bar Mir a tomarse una cerveza. Era un cincuentón de aspecto agradable, pulcro y bien vestido. Pero lo que más llamó la atención de Diana fue su mirada, era serena y distante. Dionisio cruzó la entrada enérgico y no miró en ningún momento a las chicas que fumaban risueñas sentadas en el largo banco de madera que había al lado de la barra. Todos los hombres que entraban en el bar miraban siempre a esas chicas con aire de superioridad; como si la vida de esas pobres desamparadas les pertenecieran a ellos. Observarlas les hacía parecer más importantes. Les dotaba de un poder que no tenían. Esos hombres necesitaban sentir que tenían poder sobre esas chicas. Pero Dionisio ni siquiera reparó en ellas.

—Una cerveza —le dijo a Diana, que estaba detrás del mostrador.

—¿Alguna marca en especial, señor? —le preguntó Diana, mientras ponía un posavasos con el logotipo del bar sobre la barra.

—Cualquiera me vale —replicó risueño.

Sobre el mostrador dejó un paquete de tabaco negro abierto al revés, por la parte contraria a la boquilla. Ese detalle le chocó a la chica.

—¿Por qué has abierto el paquete al revés? —le preguntó mientras apoyaba las manos alrededor de la cerveza que le acababa de servir.

—Una costumbre que conservo de la época en que trabajaba en la construcción —dijo encendiendo un cigarro—. En la obra siempre tienes las manos sucias y si coges el cigarrillo por la boquilla, luego te tragas toda la mierda. De esta forma, ¿ves? —dijo mientras sacaba un cigarro del paquete—, puedes coger el cigarro por el lado contrario y así la boquilla siempre está limpia.

Diana sonrió.

—¿Quieres uno?

—No me gusta el negro —dijo sin perder la sonrisa en ningún momento.

La chica hacía unos días que había cumplido los dieciocho años y sabía que ya no era una niña a los ojos de los clientes del Mir.

—¿Cómo te llamas?

—Dionisio. Dionisio Plazas —dijo exhalando una bocanada de humo—. ¿Y tú?

—Diana. Diana a secas.

A las camareras del Mir no les estaba permitido decir sus apellidos. Para los clientes no tenían que ser nada más que eso: objetos de deseo. Un apellido las dotaría de personalidad, de historia. Y ellas no eran nada, ni nadie.

Diana se dio cuenta enseguida de que Dionisio Plazas no era como los demás añosos que frecuentaban el bar. Supo que con él no podría ducharse desnuda mientras él se masturbaba.

—No te había visto nunca —le dijo sorbiendo un poco de cerveza.

—Soy nueva.

—No eres como las demás —indicó con la cabeza señalando a las demás chicas que estaban sentadas en el banco de la entrada.

—Nadie es como los demás —replicó Diana.

Dionisio sonrió y clavó su mirada en los ojos de la chica.

—Ya me has entendido —dijo.

—Pues no, no te he entendido.

—Esas son unas putas... Y tú no.

Diana no sabía si sentirse halagada u ofendida.

—¿A qué hora terminas?

Esa pregunta le hizo sospechar a la chica que él era como los demás clientes. Un añoso más de tantos que pululaban por allí.

—¿Me vas a invitar a cenar?

—Esa es mi intención.

La chica se imaginó a Dionisio masturbándose mientras ella se duchaba en la parte trasera del Mir, como había hecho tantas veces. En las semanas anteriores los clientes que aceptaron tan particular trato solamente tenían que ir al baño del bar. En el lavabo había una pequeña ventana que dada a un cuarto donde se guardaban las bebidas. En medio había una ducha casera, con una alcachofa de aluminio en el techo. Ella se ponía bajo esa ducha improvisada y los clientes se masturbaban desde el baño, mirando a través de la ventana. El precio era de cien euros y podía llegar a ducharse hasta cuatro veces por día.

El Mir era regentado por un matrimonio de Caldes d'Estrac que ya habían manifestado varias veces su rechazo a la prostitución dentro del bar; aunque no se metían con lo que las chicas hicieran fuera. Pero Diana había conseguido sortear ese impedimento con el servicio de ducha al desnudo, como lo llamó ella. Mientras servía los cubalibres y las cervezas, les indicaba a los clientes interesados que se fuesen al baño, mientras ella iba a la bodega a buscar algo, lo que fuera. Los dueños del bar no sospecharon nada. Ella se duchaba desnuda y el cliente se manoseaba a gusto. Después cobraba los cien euros pactados.

A Diana le excitaba ducharse delante de esos hombres e imaginárselos mientras ellos se masturbaban viendo como el agua le resbalaba por su cuerpo desnudo. Con el tiempo había aprendido a enardecerlos hasta el límite, la chica se toqueteaba jadeando como si estuviera disfrutando y simulando una masturbación. En alguna ocasión había llegado a correrse de verdad, recreándose en su propio juego. Pero lo que excitaba a Diana era el sufrimiento que infligía a esos hombres. Ella sabía que para esos hombres era una tortura el tener que masturbarse ante su cuerpo libidinoso, albergando la posibilidad de que algún día pudieran poseerla, algo que ella sabía que nunca harían. En cierta forma sentía un morbo retorcido haciéndoles sufrir. Les hacía pagar a cada uno la vergüenza y el miedo que sintió cuando vio los ojos del padre de Javier Romanos justo en el momento que ella se corría. Cada vez que se duchaba ante esos hombres recreaba ese día, pero con una diferencia: ella era la que tenía el poder.

—Trescientos euros si dejas que te la meta —le dijo una vez un cliente.

—¡No! Ya sabes que no —replicó.

—Mil euros si me la chupas y dejas que me corra en tu boca.

Era mucho dinero, desde luego, pero Diana era virgen, y así quería seguir hasta que encontrara a su príncipe azul. Y así fue, su príncipe fue... Dionisio Plazas.

—Ah, estás aquí —le dijo Andrés Hernández cuando la sorprendió pensativa en la máquina de café.

—Creo que me ha entrado sueño —dijo Diana mirando el reloj, eran ya las tres y media de la mañana—. ¿Has dejado la Sala del 091 sola?

—No, acaban de llegar Lisandro e Iván para ir al servicio y les he dicho que se queden un momento en la Sala mientras vengo a ver qué pasa con mi café.

—Ten —le dijo Diana, sacando el vaso de plástico de la máquina—. Espera que me sacaré uno para mí.

Andrés se metió en el lavabo que había al lado de la máquina de los cafés y Diana sacó un cigarrillo del bolsillo de la camisa.

—¿Participaste en alguna mesa? —preguntó alzando la voz para que Andrés la oyera.

Andrés no la entendió.

—¿En qué mesa?

—Eso que me has contado antes de la mesa, lo que le hicieron al Nani.

—Yo no había entrado aún en la Policía cuando lo del

Nani —dijo Andrés mientras estaba orinando en el lavabo—. El Nani desapareció antes de que yo entrara.

—¿Y lo de la mesa cuándo desapareció? Si es que ya no se practica.

—Claro que no —dijo Andrés saliendo del lavabo—. Esas cosas ya no ocurren en la Policía.

—No ocurren aquí, ni en Huesca, ni en Teruel o Jaca... Pero... ¿en las Comisarías Generales?

Andrés se encogió de hombros.

—Creo que no.

—¿Crees?

—Yo nunca he presenciado una tortura —dijo visiblemente ofendido.

—Y si hubieras tenido que hacerlo... ¿lo harías?

—No te entiendo, Diana. ¿Qué es lo que quieres saber?

—Es sencillo. Si estás en una comisaría donde tus compañeros y jefes practican la mesa, como me has explicado antes, poniéndole un casco al detenido y golpeándole hasta que le arranquen una confesión... ¿participarías?

Andrés resopló.

—Es tarde para esta conversación. Además hoy estoy conmocionado por la muerte de Miguel Ángel y...

—A Miguel Ángel le pudieron haber hecho la mesa muchas veces en alguna detención.

—No lo sé —dijo Andrés—. Y tampoco sé a qué viene ese interés tuyo.

—Aún no has contestado a mi pregunta.

—¿Qué pregunta?

—Si habrías participado en una mesa de esas si tus compañeros y tus jefes lo hicieran. ¿Los habrías denunciado?

Andrés se quedó un rato mirando directamente a los ojos de Diana. Luego dijo:

—Supongo que sí. ¿Por qué te interesa saber eso?

—Porque es lo mismo que pasó con los nazis —dijo Diana encendiendo el cigarro que balanceaba en sus labios—. Pasó lo que pasó porque todos no supieron qué hacer.

—No se puede comparar lo que ocurrió en la Alemania nazi con lo que puede o podría pasar en la Policía o la Guardia Civil. No es comparable, Diana —se enojó Andrés.

—No te enfades. Yo solo quería que te dieras cuenta de que esas cosas como lo de la mesa, o las palizas a los detenidos o las detenciones ilegales, pasan porque nadie hace nada para evitarlo, como en la Alemania nazi. Nadie de los que estuvo allí hizo nada. Einstein dijo que la vida es peligrosa no por las personas que hacen el mal, sino por las que se sientan a ver lo que pasa.

—Entonces no podían hacer nada —dijo Andrés.

—No podían porque no querían. Solo con que un puñado de militares bien armados se hubieran opuesto al nazismo habrían podido luchar contra ellos —afirmó Diana.

—Ya lo intentaron. Hitler sufrió muchos atentados. Lo que ocurrió es que el propio sistema se dotó de mecanismos de protección para garantizar la permanencia en el tiempo.

—Corporativismo —dijo Diana.

—¿Corporativismo entre los nazis?

—Sí, es lo mismo que hay entre nosotros. El corporativismo nos protege de agresiones externas. Todas las profesiones lo tienen, médicos, abogados, jueces...

—¿Obreros? —preguntó Andrés con malicia—. ¿Tienen los obreros de la construcción corporativismo?

—Pues no lo creo —dijo Diana—. El corporativismo se relaciona con grupos de poder.

—Estás relacionando corporativismo con mafia.

—Básicamente es lo mismo. Tú mismo me has dicho antes que los que participaron en la desaparición del Nani fueron juzgados como integrantes de una mafia policial.

—Bueno, Diana, una cosa es eso y otra relacionar el corporativismo con la mafia. Ahí pienso que te equivocas y son dos cosas completamente distintas.

—Ah, estáis aquí —los interrumpió Lisandro—. Hay una pelea en el bar San Juan del polígono, tenemos que irnos.

—Id —dijo Andrés—. Ya me quedo yo en la Sala del 091.

Y Andrés y Diana se encaminaron sin dirigirse la palabra hasta la Sala mientras el coche patrulla se dirigía a la pelea.

16

Una vez se hubieron sentado los dos en la Sala del 091, esperando el comunicado de la patrulla que acababa de acudir a la pelea del polígono, ambos retomaron la conversación que habían interrumpido en la máquina de café.

—No sé qué hubiera hecho, porque nunca tuve que tomar esa decisión —comenzó a hablar Andrés, rompiendo el silencio—. Nunca he participado en una mesa de esas, ni en nada parecido.

—¿Pegabais a los detenidos en Madrid? —preguntó Diana desafiante.

—Alguna torta se escapaba, pero siempre fue motivada. Tú no sabes el tipo de delincuentes que hay en esa ciudad. De todas formas tortas en la Policía siempre ha habido.

—¿Alguna, motivada? La Policía no debería pegar a nadie, solo defenderse.

Andrés pensó que Diana hablaba como una auténtica defensora de los derechos humanos.

—Pegar es una manera de defenderse. Ya sabes que dicen que la mejor defensa es un buen ataque.

Diana sonrió.

—Quizá debería contarte historias como el marroquí

que mató al otro porque le dio por culo o el caso de la pitonisa, en vez de los casos de la España negra policíaca —dijo Andrés.

—Bueno, no quería incomodarte. Solamente quería saber, ya que llevas veinte años en la Policía, si todo lo que pasaba antes era evitable o no. El asunto del Nani me lo has contado tú primero.

—Es cierto. Mi intención era concienciarte, ya que estás en prácticas, de que la Policía ha cambiado mucho y ha sido gracias a las nuevas promociones de alumnos más modernos, más inteligentes, más íntegros... Cada vez pasan menos cosas raras y cada vez pasarán menos. Lo del Nani solo ha sido un ejemplo de algo que no debió pasar nunca. No he presenciado jamás una mesa, ni he visto cómo se ha torturado a un detenido, pero sí que he contemplado, impasible, cómo algún policía descerebrado le pegaba a un detenido porque le había insultado o porque no quería hacer lo que le decía. Y no he hecho nada, es cierto, pero... ¿qué podía hacer yo contra eso? La culpa en parte es de los jefes. Ellos saben cómo son los policías que tienen bajo su mando y de qué pie cojean. Ellos son los que deberían separar a esos energúmenos del servicio antes de que siguieran haciendo daño a la gente. O es que tú, Diana... ¿nunca has hecho algo de lo que tengas que arrepentirte?

A Diana le vino a la cabeza las veces que se había duchado desnuda por cien euros. Pero lo que a la chica le hizo sentirse verdaderamente mal fue el recuerdo de las tardes de sexo con Dionisio Plazas. Quizás Andrés tenía razón y ciertos policías actuaban movidos por el rencor y la ira. Es posible que si ella viera a un hombre, ahora que era policía, masturbándose escondido en un cuarto de baño mientras una chiquilla se duchaba desnuda, aparte de detenerlo, le propinaría una patada en los testículos. Ciertamente se habría extralimitado en sus funciones como policía. Pero sus compañeros la defenderían y negarían que eso ocurrió. El corporativismo policial la protegería.

—Se ha enfriado el café —dijo Andrés—. No me extraña con tanta cháchara.

Diana arrugó la frente.

—Voy a sacar otro de la máquina. ¿Quieres uno?

Diana negó con la cabeza.

—Más tarde —respondió.

—Voy a preguntarle a Pascual si quiere uno, aunque lo más seguro es que ya estará durmiendo.

Pascual Ortiz era el policía que custodiaba la puerta de comisaría. Tenía cinco años más que Andrés y era de los más antiguos en la comisaría de Huesca. Hacía cuatro años que había solicitado la plaza de seguridad y desde entonces ocupaba ese puesto. La inactividad le había acumulado unos kilos de más, sobre todo en la zona abdominal, y ya casi no podía estar sentado sin desabrocharse el cinturón del uniforme.

—Buenas noches, Pascual —saludó Andrés, mientras se apoyó en el mostrador de seguridad.

El vestíbulo de la comisaría era espacioso y justo a la entrada había un enorme mostrador de losas de granito. Parapetado detrás estaba el policía ante varias cámaras de seguridad que controlaban todo el perímetro de la comisaría.

—Buenas noches, Andrés —saludó sin ponerse en pie, mientras seguía sentado ojeando una revista—. ¿Estos han ido a una llamada? —preguntó—, acaban de salir deprisa.

—Sí —respondió Andrés—. Una pelea en el polígono, en el bar San Juan. Espero que se solucione y nos dejen tranquilos el resto de la noche.

—Me ha dicho Lisandro que ha muerto un amigo tuyo en el hospital. ¿Era de por aquí ese hombre?

—No —negó Andrés con la cabeza—. Era un amigo de la infancia de cuando vivía en Caldes d'Estrac. Ha estado ingresado tres días en el hospital San Jorge y ayer murió de un enfisema pulmonar.

—Vaya —dijo Pascual—, al final va a ser cierta la fábula de que la muerte te encuentra a donde vayas.

Andrés se encogió de hombros.

—Sí —siguió hablando Pascual—. No sé si te lo voy a explicar bien, pero es un cuento acerca de que la muerte siempre nos encuentra, ¿no lo has oído nunca?

—No, no. ¿Es largo?

Y Pascual se lo contó.

—Bueno —dijo el policía de seguridad—, una mañana, el califa de una gran ciudad vio que su primer visir se presentaba ante él en un estado de gran agitación. Le preguntó por la razón de aquella aparente inquietud y el visir le dijo: «Te lo suplico, deja que me vaya de la ciudad hoy mismo.» «¿Por qué?», le preguntó el califa. «Porque esta mañana, al cruzar la plaza para venir a palacio, he notado un golpe en el hombro. Me he vuelto y he visto a la muerte mirándome fijamente.» El califa dudó y le preguntó si estaba seguro, a lo que el visir le dijo que sí. El visir cogió tanto miedo a la muerte, además de que estaba seguro de que venía buscándolo a él, que ensilló un caballo y se marchó esa misma noche a Samarkanda. Esa noche, el califa, enfadado con la muerte porque había provocado que se fuera de la ciudad su visir, salió y la buscó. Cuando la encontró, la reconoció al instante y después de inclinarse en señal de respecto le dijo: «Mi primer visir es todavía un hombre joven, saludable, eficaz y probablemente honrado. Entonces, ¿por qué esta mañana cuando él venía a palacio, lo has tocado y asustado? ¿Por qué lo has mirado con aire de amenaza?» La muerte pareció ligeramente sorprendida y contestó al califa: «No quería asustarlo. No lo he mirado con aire amenazante. Sencillamente, cuando por casualidad hemos chocado y lo he reconocido, no he podido ocultar mi sorpresa, que él ha debido tomar como una amenaza.» Cuando el califa le preguntó a la muerte por qué había sentido sorpresa, ella le dijo: «Porque no esperaba verlo aquí. Tengo una cita con él esta noche, en Samarkanda.»

—Bonita historia —dijo Andrés.

Andrés ya había oído esa historia en alguna ocasión, pero no dijo nada para no desairar a Pascual.

—Sí, viene un poco a cuento de lo de tu amigo. La muerte lo ha encontrado en Huesca, porque era aquí donde tenía que encontrarlo.

—Lo que ocurre, Pascual —dijo Andrés—, es que no sé qué había venido a hacer mi amigo en Huesca. Que yo supiese él nunca había estado antes aquí.

—Igual vino a verte.

—De eso estoy seguro —aseveró Andrés.

Pascual arqueó las cejas.

—Sí, lo primero que hizo nada más llegar al hospital fue preguntar por mí.

—Entonces ya sabes que vino en tu busca, ¿no?

—Sí, pero mejor me hubiera ido no sabiéndolo. No pude hablar con él ya que murió y ahora no sé qué quería.

Pascual lo miró con aire paternal.

—No te preocupes. Si tiene solución, ¿para qué te preocupas? Y si no la tiene, ¿para qué te preocupas?

Andrés comprendió que el compañero de seguridad quería tranquilizarlo.

—¿Café? —preguntó Andrés.

—Un cortado.

—Enseguida lo saco de la máquina.

17

Andrés pasó por la Sala del 091 antes de ir a la máquina de café a sacar un café para él y otro para Pascual.

—Estoy en la entrada —le dijo a Diana—. Me voy a tomar un café con Pascual. Enseguida regreso.

La chica asintió con la cabeza.

—Aprovecharé para terminar de grabar los partes de hospederías —dijo balanceando un cigarro apagado en la boca.

—Hasta ahora.

—Hasta lueguito —dijo Diana.

Mientras Andrés esperaba a que la máquina sacara los dos cafés, pensó de nuevo en Diana y en su costumbre de decir «hasta lueguito». Era una extraña coincidencia que su ex siempre lo dijera. El padre de Georgina era de origen argentino y había contagiado una serie de expresiones típicas de su país a su hija. «Hasta lueguito» era una de ellas. Georgina siempre la decía. Andrés pensaba en lo curioso de esa expresión, dicha de forma amigable indicaba una despedida corta. Nadie que dijese «hasta lueguito» debería desaparecer más de unas horas. «Hasta lueguito» era una expresión afable. Pero Georgina la utilizaba para despedidas largas; incluso cuando se separaron definitivamente se marchó con un «hasta lueguito».

Andrés dejó sobre el mostrador de seguridad el cortado de Pascual y retomó la conversación anterior.

—Todo ha cambiado —le dijo.

Ambos contaban prácticamente la misma edad, aunque Pascual era mayor. Pero se podía decir que los dos pertenecían a la misma generación.

—Ya lo creo —asintió Pascual mientras se ponía en pie, con dificultad—. El otro día se pusieron a discutir aquí delante —señaló a la puerta de acceso a la comisaría— dos alumnos de prácticas. El chico ese rubio y la chica aquella pelirroja, la de las tetas grandes. —Hizo el gesto con las dos manos—. Esos dos no creo que se lleven bien ya que siempre estás discutiendo. Para hacerles una broma y que rebajaran el nivel de la voz, estaban gritando mucho, les dije: «Os parecéis a los Roper.» ¿Te acuerdas de los Roper, Andrés?

Andrés sonrió y asintió con la cabeza.

—Qué buenos que eran. Me hacía mucha gracia ese matrimonio mal avenido que siempre estaba discutiendo —dijo Andrés.

—Pues la chica me preguntó que quiénes eran los Roper. ¿Qué te parece?

—Bueno, Pascual —dijo Andrés—. Eso es normal. Seguramente si ellos te hablaran de alguna serie de la actualidad tú tampoco sabrías de qué te están hablando.

—En la actualidad no echan más que porquería en la televisión. ¿Te acuerdas de *La casa de la pradera* o de *Bonanza*? Eso sí que eran series buenas.

—Todo ha cambiado y ahora los jóvenes prefieren otras cosas —dijo Andrés mientras sorbía el café antes de que se enfriara—. A ti tampoco te gustaría la música de tus padres. Cuando yo era pequeño mi madre escuchaba canciones de los años cincuenta y recuerdo que tampoco me gustaban. Lo que antes estaba bien, ahora ya no lo está.

—Ya nadie escucha a los Beatles, por ejemplo.

—Los Beatles es música clásica —dijo Andrés—. Igual que tú no escuchas a Mozart o Brahms...

—No los escucho pero me gustan. La música clásica gusta a todo el mundo —dijo Pascual—. ¿No has oído lo de ese tío que tiene una granja de gallinas y les pone música clásica? Dice que los huevos son de lo mejor que hay.

Andrés sonrió.

—Los jóvenes de ahora no tienen nada que ver con nosotros —dijo Andrés—. Hay cosas que pasaban antes y que ahora serían impensables. Y al revés.

—¿Mejor o peor? —preguntó Pascual removiéndose en su asiento.

—¿Tú estuviste en Barcelona? —le preguntó Andrés.

Pascual asintió con la cabeza.

—Los cinco primeros años recién salido de la escuela.

—Allí también teníais el coche de la mochila, ¿verdad?

Pascual removió el café y arrojó la cucharilla a una basura que tenía al lado de la mesa de seguridad.

—Pensaba que solo estaba en Barcelona.

—No, Pascual, en Madrid también lo teníamos. Esas cosas ya no pasan ahora.

—Esas cosas no deberían haber pasado nunca —afirmó Pascual.

—¿Cómo era en Barcelona? —le preguntó Andrés.

—No me acuerdo del indicativo, creo que era el Z-66 o algo así. El tío era originario de Melilla y todos lo conocían como el Moro Juan. Siempre patrullaba solo. Era alto y con unos ojos verdes muy claros que brillaban por la noche. Recuerdo como era el único policía que llevaba tres cargadores. ¿Te imaginas, Andrés, llevar tres cargadores en el cinto?

—Tendría miedo, ¿no?

—En el maletero del coche patrulla llevaba una mochila con un poco de todo: hachís, marihuana, papelinas de coca, navajas, tarjetas de crédito robadas... Cuando por la noche oía alguna dotación que lo llamaba, ya sabía para qué lo querían.

—Para reforzar una detención, como hacíamos en Madrid —dijo Andrés.

—Yo no lo veo del todo mal —argumentó Pascual.

Andrés encogió la boca.

—Sí, Andrés. Si pillabas a un tío con una papelina de coca y sabías que era traficante no lo podías detener ya que él alegaba que era para consumo propio. Sin embargo, el tío de la mochila te entregaba dos papelinas más y un talego de hachís y ya lo podías detener por tráfico de drogas.

—No estaba bien.

—Ay, Andrés, hay tantas cosas que no están bien y nos jodemos...

—Estos jóvenes —dijo Andrés señalando con la barbilla hacia la Sala del 091—, estos acabarán con toda esta mierda. Ellos son inquebrantables. ¿Te has dado cuenta de que no beben, ni juegan y ni... —Andrés iba a decir que no fumaban, pero se acordó de Diana y no terminó la frase— y ni fuman?, al menos no todos.

—La Policía es un reflejo de la sociedad —dijo Pascual—. Antes éramos unos incultos, fumábamos, bebíamos y aceptábamos todo lo que ocurría sin rechistar.

—Y ahora ocurren otras cosas, pero en nuestra mano está acabar con ello.

—Uf —resopló Pascual—, hoy estás de vuelta de todo.

—La verdad es que sí.

—Creo que te ha afectado la muerte de tu amigo. ¿Por qué no te marchas a casa y descansas? Esa chica, Diana, está preparada para llevar la Sala del 091 y si ocurriera algo importante esta noche recuerda que está Lisandro. Y a malas podríamos avisar al de incidencias de la judicial.

Andrés sonrió.

—A ese mejor que no lo llamemos para nada. Es un inútil, al igual que el jefe de la judicial.

—Inútiles hay en todas partes —dijo Pascual.

—Bueno, Pascual, te dejo. Tengo a Diana ahí dentro sola —dijo refiriéndose a la Sala del 091—. Voy a ver si ha terminado el coche en la pelea del polígono. Terminaré la noche lo mejor que pueda.

Pascual se sentó de nuevo en la silla, desabrochándose el cinturón del pantalón y cogiendo la revista que ojeaba antes de que llegara Andrés.

18

La Sala del 091 chasqueó y Lisandro pasó un comunicado referente a la pelea del bar San Juan, en el polígono de Huesca. Como la mayoría de las comisiones se había solucionado con presencia policial.

—Esto del bar San Juan es una discusión entre dos personas, pero no tiene ninguna importancia —dijo Lisandro a través de la emisora—. Se soluciona con presencia policial —concluyó.

—Recibido —respondió Diana.

La chica de prácticas anotó el servicio de la patrulla en el parte de sala.

—A ver si nos dejan tranquilos el resto de la noche —dijo Andrés.

—Deberías descansar un rato —sugirió Diana—. Mañana estarás atareado con la muerte de tu amigo.

Andrés se había olvidado, al menos durante unos minutos, de la muerte de Miguel Ángel. Tenía que averiguar quién era la chica de la fotografía y qué es lo que buscaba Miguel Ángel en Huesca y por qué preguntó por él cuando llegó al hospital.

—¿Vas a utilizar el ordenador de atrás? —le preguntó

a Diana por el ordenador que había en la habitación anexa a la Sala del 091.

—No, no. Me sentaré un rato aquí. —Señaló el incómodo sofá que había delante del televisor—. Miraré un rato el *Teletienda* —sonrió.

Lo que la chica quería decir es que iba a dormir un poco.

—Estaré aquí detrás por si necesitas algo —le dijo Andrés.

—Suerte en tu investigación.

Él no respondió.

Andrés extrajo la fotografía del bolsillo de su camisa y la puso al lado del ordenador. Accedió a Google y de allí a la página de Mapas. Puede que fuese una locura, pero el *Street View* había filmado toda la costa del Maresme, y si la recorría con el ordenador, es posible que localizara el sitio exacto donde fue tomada la fotografía. Era difícil, pero no imposible. Memorizó la posición exacta de las farolas del paseo marítimo y las palmeras. Incluso estuvo mirando un buen rato al anciano que se veía de espaldas caminando sobre la arena. La resolución de la Polaroid no era lo suficientemente buena como para que se distinguieran bien los detalles. Miguel Ángel vivía en Mataró y sus padres lo habían hecho en Caldes d'Estrac, por lo tanto es posible que esa fotografía hubiese sido tomada en algún tramo entre esas dos poblaciones.

«Por ahí tengo que empezar la búsqueda», se dijo Andrés.

Situó el *Street View* de Google en el puerto de Mataró y desde ahí fue andando tramo por tramo en dirección a Calella, pasando por Sant Andreu de Llavaneres, Caldes d'Estrac, Arenys de Mar, Canet de Mar y Sant Pol.

Los ojos del veterano policía ardían ante los parpadeos del monitor y todas las playas que recorría, virtualmente, eran idénticas. Siempre se veía la misma catenaria del tren, el mismo fondo azulado y las mismas palmeras, pero las farolas eran distintas. Cada población tenía su propio alumbrado e incluso en Sant Andreu de Llavaneres eran diferentes las de la zona de la estación a las que había en el Port Balís. Así que se centró en las farolas. Las de la fotografía de la chica eran peculiares; aunque no se distinguían con mucha claridad, sí que se veía que terminaban en forma de triángulo invertido. También, se fijó Andrés, que el paseo que había detrás era amplio, algo que no ocurría en todos los tramos marítimos de la costa, por lo que supuso que sería un acceso, algo así como la rampa de una estación o la entrada de un subterráneo para acceder a la playa; aunque eso solo eran conjeturas.

Cuando llevaba veinte minutos delante del monitor, sus ojos comenzaron a entornarse.

«No voy a poder aguantar mucho rato viendo saltar el *Street View* de Google constantemente», pensó.

Entonces su atención solamente se centró en las farolas. Se dio cuenta de que realmente la fotografía se había tomado en un tramo próximo a una estación o a una entrada de un subterráneo, en los tramos intermedios no había farolas, solamente había playa.

Levantó la vista y miró el reloj de la Sala y vio que ya eran las cuatro de la madrugada. Aún le quedaban tres horas hasta las siete para finalizar el turno de noche.

«Lisandro e Iván estarán durmiendo en algún lugar recóndito de la ciudad y no molestarán durante el resto de la noche», pensó. Diana Dávila estaba sentada en el sillón de la Inspección de Guardia, «seguramente atrapada por Morfeo», se dijo Andrés.

El veterano policía se vino abajo. Sabía que en el supuesto de que hallara el lugar donde se tomó la foto de la chica, no le serviría de nada. Solamente sabría eso, dónde se hizo la foto, pero seguiría sin saber quién era y qué relación tenía con Miguel Ángel. Los dos podían haber paseado por toda la costa y detenerse allí para hacerse la fotografía, nada más. Pero un impulso de impotencia le mantenía expectante navegando la costa tramo a tramo, queriendo encontrar a alguien a quien decirle que Miguel Ángel había muerto.

«Poca gente tenía una cámara Polaroid en esa época, eran caras de compra y el papel que gastaban era también muy costoso. Es posible que esa fotografía la hubiera tomado alguien que se dedicara a ello.»

Andrés recordó que en la playa de Caldes d'Estrac se paseaban unos sudamericanos ofreciendo fotografías baratas. Esos chicos siempre iban gritando: «A color al instante la foto.» Luego, si querías, te tomaban una fotografía y te dejaban una tarjeta con la dirección de dónde se podía ir a recoger la instantánea, previo pago de cien pesetas.

«Si localizara el lugar donde la chica se retrató podría ir hasta allí y preguntar quién estuvo haciendo fotografías con Polaroid», planeó.

Andrés sabía que era tan improbable como imposible hallar dónde se hizo la foto y quién la tomó. Pero ante las perspectivas de inviabilidad de localizar a la hermana de Miguel Ángel, la única persona que Andrés conocía de su familia, se obcecó en averiguar quién era esa chica de la fotografía. El que Miguel Ángel la llevara en su cartera significaba que era muy importante para él. Sintió el veterano policía una necesidad inexplicable de localizar a esa chica. Era una especie de purga de su pasado. Hallar a la chica de la playa y albergar la certeza de que era una persona importante para su amigo significaría un logro personal. Andrés se imaginó a sí mismo presentándose en Mataró, en la casa de esa chica, y comunicándole que Miguel Ángel había fallecido. Ella le daría las gracias y él se sentiría reconfortado.

—Me estoy volviendo gilipollas —clamó en voz alta.

Los pensamientos del veterano policía carecían conforme avanzaba la noche de coherencia.

—¿Decías algo Andrés? —le preguntó Diana desde la sala anexa.

—No, estoy hablando solo.

—¿Te puedo ayudar?

—Estoy buscando algo que no encontraré nunca.

Diana se levantó y se acercó hasta donde él estaba. Andrés giró la fotografía de la chica y la puso boca abajo, no quería que ella la viera.

—Ya falta poco para cobrar —dijo Diana arrojando el vaso arrugado de café a la papelera.

Andrés miró el calendario.

—¿Qué dices?, aún quedan casi dos semanas.

—Sí, pero la nómina ya está cursada y se puede consultar en la Webpol.*

—¿Quieres decir? —cuestionó Andrés.

—Míralo y verás.

El veterano policía sacó el carné profesional de su cartera y lo introdujo en la ranura del teclado. El carné está dotado de un chip, que mediante clave, permite acceder a todos los servicios de la Webpol.

El *led* parpadeó un par de veces y le pidió el código de

* La Webpol es la aplicación policial donde los policías pueden acceder a sus nóminas, dietas, pagas, cursos, etc. Es una intranet de gran utilidad.

acceso. Andrés lo tecleó y enseguida entró en el portal de la intranet.

La fotografía del carné quedó mirando hacia abajo. Y hacia arriba estaba el chip dentro de la ranura del teclado y los datos de Andrés Hernández: número de carné profesional y antigüedad en el cuerpo. La fecha que figuraba era veintiuno de junio de 1983. Diana cayó en la cuenta de que la fecha de acceso de Andrés a la Policía era siete años antes de los que le dijo él.

—¿Llevas en la Policía desde junio de 1983? —le interrogó Diana.

Andrés miró el carné que había introducido en el teclado y no le quedó más remedio que reconocer que así era.

—Sí —respondió secamente.

—Antes me has dicho que entraste en la Policía en 1990, cuando tenías veinticinco años.

Andrés asintió con la barbilla, pero no dijo nada.

—Pero en tu carné dice que entraste en 1983, siete años antes.

—Me gusta redondear las fechas —dijo sonriendo.

Diana pensó que era un redondeo muy burdo. Se redondea al alta o a la baja. Si Andrés entró en la Policía en 1983, podía haber dicho que entró en los ochenta, pero recordaba la chica que antes dijo que había hecho las prácticas en la Comisaría General de Policía Judicial de Madrid en 1990. La chica hizo un cálculo mental rápido y sacó sus conclusiones enseguida: Andrés entró en la Policía con dieciocho años.

La policía de prácticas sabía que en esa época el extinto Cuerpo Superior de Policía cogía entre sus filas a estudiantes a los que poder infiltrar en las universidades e informar de elementos subversivos. Pero lo que más preocupaba a Diana era que Andrés la hubiera engañado con la fecha de acceso. Con la siguiente pregunta su duda se desvanecería.

—Andrés...

—Sí.

—¿Cuándo dijiste que había desaparecido el Nani?

Andrés agachó la mirada y posó sus ojos sobre su carné profesional que seguía metido en la ranura del teclado.

—En noviembre de 1983 —dijo.

—Entonces... —dijo Diana—, tú ya estabas en la Comisaría General de Policía Judicial cuando desapareció el Nani. Me has mentido —afirmó.

Andrés extrajo con furia su carné profesional del teclado del ordenador y se lo guardó en su cartera.

—No te he mentido —se defendió—. Lo que pasa es que no te he dicho la verdad.

19

El coche patrulla, conducido por el veterano Lisandro y como copiloto el alumno en prácticas Iván, estacionó en un descampado cerca del campo de fútbol del Alcoraz.

—Las cuatro de la mañana —dijo Lisandro mirando la hora en el reloj del tablero del coche—. Es hora de descansar.

Los dos policías acomodaron los asientos del coche hacia atrás y se dispusieron a entornar los ojos.

—Nosotros aquí encajonados —dijo Lisandro—, y Andrés en comisaría, cómodo, y con la tetuda de Diana. ¿Me pregunto si terminará follándosela? —preguntó mientras se rascaba la nariz.

—Qué bruto eres —recriminó Iván—. Diana es una compañera.

—Aún no, Iván, aún no. Al igual que tú, sois alumnos en prácticas y hasta que no juréis el cargo no se puede decir que seáis policías de carrera.

Iván arqueó las cejas, el comentario de Lisandro no le había gustado. El veterano policía se dio cuenta de lo desafortunadas que habían sido sus palabras y quiso enmendarse.

—Bueno, lo que quiero decir es que no os podéis llamar policías hasta que no hayáis jurado el cargo —afirmó—. Como en mi época no se podía llamar uno soldado hasta que no había jurado bandera. Mientras tanto, uno es un recluta.

Iván tomó las palabras de Lisandro como una disculpa.

—Los que viven bien aquí son los inspectores —dijo—. Ellos sí que miran el mundo a través de un agujero. Mientras nosotros estamos aquí, patrullando diez horas durante toda la noche, yendo a peleas como esa del bar San Juan del polígono y descansando apretados en esta mierda de coche —dijo refiriéndose al coche patrulla—, ellos están en sus casas durmiendo apaciblemente. Luego, mañana por la mañana, llegarán más frescos que una rosa y se pondrán a criticar el servicio de la noche. Que si esto se ha hecho mal, que si aquí no estuvieron cuando fueron requeridos para ello, que si esos policías son unos vagos, dirán los cabrones. Los inspectores son unos chupatintas que no sirven para nada.

—Han estudiado más —dijo Iván, queriendo contradecir a Lisandro.

—Estudiado, estudiado, a mí no me tiene que decir ningún universitario imberbe lo que es la calle. La calle no tiene nada que ver con la academia de Policía, como habrás podido comprobar tú —le dijo al alumno de prácticas—. Esto es otro mundo. Sobre el plano se ven las cosas muy sencillas —siguió hablando—. Ellos —dijo refiriéndose a los inspectores—, lo miran todo a través de un plano. Hacen cálculos, estadísticas, rutas... Eso es muy bonito —se carcajeó estruendosamente—, pero la calle es la calle. Además —añadió—, les pagan más por eso. ¿Te has fijado en Ernesto?

Ernesto Iturgaiz era un inspector joven recién salido

de la academia. Apenas hacía tres años que estaba en la Policía nacional y su único destino había sido la comisaría de Huesca.

—¿El marido de Sónsoles?

—Sí, ese guaperas de la planta segunda. Menudo cagatintas está hecho.

—¿Cagatintas? —preguntó Iván.

—Sí. No es más que un oficinista. Eso sí, su mujer Sónsoles está como para mojar pan. Me pregunto si ese impotente sabrá satisfacerla como ella se merece.

—Estás un poco salido —le dijo Iván—. Antes hablaste de Diana y Andrés y ahora de Ernesto y Sónsoles.

—Deja que mi imaginación sobrevuele —sonrió—. Me imagino a la chica de prácticas, Diana, en la misma cama con Sónsoles. Las dos comiéndose una a otra mientras yo las miro con el manubrio en alto y esperando para entrar a matar. Las iba a dejar bien escocidas.

El último comentario de Lisandro le pareció repugnante al policía de prácticas.

—Las ganas —dijo Iván.

—Sí, sí, las ganas, pero anda que tú no harías lo mismo. Esa Diana tiene que tirar de lo lindo. Menuda boca de chupona que tiene. Y Andrés, que siempre está pensando en sus cosas, seguro que no le hace ni puto caso. Ahora estarán allí los dos, dándole a la sin hueso —dijo refiriéndose a la lengua—, hablando y hablando sin parar, contándose penas. Cuando lo que la chica quiere es un buen rabo. ¿Te has fijado en el agujero de la nariz? Esa chica lleva un piercing. Apuesto a que también lleva uno en un pezón. A esas viciosas les gusta sentir dolor en sus partes más íntimas. No me extrañaría que también llevara uno en el coño —sonrió maliciosamente—. ¿De verdad no te la has follado? —le preguntó a Iván.

El policía de prácticas, que no sabía qué responder, dijo:

—Ya sabes lo que dicen: donde comes la olla no metas la polla.

—¡Bah! —chasqueó Lisandro—. Eso está bien para vosotros, los jóvenes, pero nosotros ya estamos de vuelta de todo. A mí no me importaría trajinarme a esa chiquilla. Le iba a poner el culo como un bebedero de patos. Y Andrés, que está ahora con ella, seguro que no hace otra cosa que hablar y contarle sus penas. No me extraña que su mujer lo hubiera dejado por otro. Este Andrés siempre ha sido un existencial.

—Existencialista —contradijo Iván.

—Eso, un existencialista de esos que solo hablan y hablan. Siempre sintiéndose culpable por todo. Al bueno de Andrés un día le va a explotar la cabeza.

—¿Andrés estuvo casado?

—Sí. Yo no la conocí mucho, apenas la vi un par de veces. Casado o viviendo juntos, no lo sé, pero estuvo liado con una tía que estaba para mojar pan. Hasta el nombre era excitante. Georgina, se llamaba esa buenorra. Llegó a Huesca con ella y en unos meses lo dejaron correr. La chica regresó a Barcelona y ahora debe de ser otro el que la empitona.

Lisandro se rio aparatosamente. Iván comprendió que estaba de broma.

—¿Tienes novia? —le preguntó Lisandro al policía de prácticas.

—Sí, pero no te la voy a presentar —sonrió.

—Bueno, bueno, las novias y las mujeres son sagradas. Esas ni tocarlas —dijo sin parar de reír—. Lo que no entiendo es cómo no te has presentado a la ejecutiva, en vez de aspirar a ser un policía mondo y lirondo.

—No tengo carrera. Ni estudios —añadió.

—Pues podrías haberlo intentado. Con tres años de licenciatura es suficiente para acceder a la ejecutiva directamente. Si lo hubieras hecho ahora serías inspector y estarías en tu casa tocándole el culo a tu novia. Y con más dinero —añadió—. ¿Sabes cuánto gana un inspector?

Iván se encogió de hombros.

—Pues más de lo que se merece. Figúrate, el idiota ese de Ernesto y su mujer Sónsoles se llevan entre los dos casi cinco mil euros al mes. Cinco mil euros —dijo más despacio—. Cinco mil euros por estar en casa tocándose los... Bueno, que el cuerpo nacional de Policía está muy mal repartido. Nosotros, que somos los que hacemos el trabajo, cobramos menos que dos pánfilos que no hacen nada.

Iván pensó que ellos dos estaban en ese momento dentro de un coche de policía, aparcado, con el motor y la calefacción en marcha.

—Tampoco estamos haciendo nada nosotros —dijo.

—¿Y qué quieres que hagamos? —se enfadó Lisandro—. No pretenderás que nos pasemos la noche dando vueltas por la ciudad como dos gilipollas. Eso es lo que piensan los inspectores que estamos haciendo ahora. Nadie se puede creer que un coche de policía esté toda la noche circulando sin detenerse. Si así fuera haríamos más de trescientos kilómetros. Haz el cálculo —le dijo a Iván.

—¿Qué cálculo? —El chico de prácticas se estaba cayendo de sueño.

—Pues eso, si circulamos a un promedio de treinta kilómetros por hora, durante diez horas, ¿cuántos kilómetros hacemos? ¡Trescientos! —elevó la voz Lisandro—. Si hiciéramos lo que dicen los inspectores haríamos trescientos kilómetros cada noche. Esos imbéciles no se dan cuenta de que un coche de policía hace cien kilómetros por la noche. Por lo que tienen que suponer que dos tercios de la noche el coche está parado, como ahora —dijo palmoteando el volante.

Iván lo miró y no dijo nada, ya que no tenía nada que decir.

—Bueno —dijo finalmente Lisandro—. Vamos a descansar un rato que mañana tengo muchas cosas que hacer.

Y los dos entornaron los ojos acompasados por el ronroneo del motor del coche.

20

—Supongo que todos tenemos algo de qué arrepentirnos —dijo Andrés, mientras se cercioraba de que había guardado en su cartera el carné profesional.

A la mente de Diana afloraron los recuerdos de cuando se duchaba desnuda en la bodega del bar Mir, mientras algún añoso se masturbaba en el servicio, observándola.

—Supongo que sí —dijo frotando el paquete de tabaco en su mano.

—Y tú... ¿a qué te dedicabas antes de entrar en la Policía?

Diana arrugó la frente.

—Trabajaba en un bar.

—¿Un bar? ¿Qué clase de bar?

—Pues un bar. Un bar, bar.

—Bueno —dijo Andrés—, hay muchos tipos de bares. ¿Hacían comidas?

Diana pensó en una compañera del Mir que quedaba con clientes para hacerles felaciones por doscientos euros. La relación entre comida y felación le arrancó una sonrisa.

—No exactamente —dijo—. Era un bar de copas.

—¿De copas? ¿Un bar de alterne?

La expresión «bar de alterne» no le gustaba a Diana, y además no la compartía. La chica se ofendió.

—¿No son acaso todos los bares lugares de alterne? —cuestionó—. Si no... ¿a qué va la gente a los bares? A alternar, ¿no?

—Bueno, la gente va a los bares a beber y a comer. También a desayunar y cenar. O a ver la televisión.

—Esos son restaurantes, Andrés. Yo trabajaba en un bar, un bar de copas.

—¿Estabas detrás de la barra?

Diana captó enseguida la pregunta del veterano policía. La diferencia de estar detrás de la barra o fuera de ella era suficiente como para saber si se prostituía o no.

—Yo estaba detrás de la barra y servía copas a hombres que venían a ahogar sus penas y a compartir un rato de compañía, huyendo de la soledad de sus casas.

—Entiendo —dijo Andrés.

—No, no entiendes —le recriminó Diana—. Hay mucha gente sola por el mundo. Muchos hombres entrados en la madurez cuyas mujeres han dejado de quererles. Nadie les escucha, nadie les hace caso. En los bares, como el que trabajaba yo, iban a tomarse una cerveza o un cubata, nada más.

—Te has puesto a la defensiva.

—Eso no es cierto. Simplemente has pensado que he sido algo que nunca fui.

Andrés arrugó la boca. Quizás había sido excesivamente descortés con su compañera de trabajo.

—No he querido decir eso. Solamente te he preguntado qué hacías antes de entrar en la Policía. Lo demás te lo has montado tú sola.

—Ya te lo he dicho, trabajaba en un bar de copas. Un bar, bar. De esos donde van los hombres a buscar compañía, a conversar, a sentirse importantes. Yo trabajaba detrás de la barra y había unas chicas que se sentaban fuera, pero ni los dueños del bar, ni yo, nos metíamos con lo que hacían de puertas afuera.

—Luego... ¿es cierto que había prostitutas?

—No, no había putas. Había unas chicas que acompañaban a esos hombres fuera y toleraban relaciones sexuales con ellos a cambio de dinero.

Andrés abrió los ojos de par en par.

—¿Y no son eso putas?

—«Puta» es una palabra muy sencilla para denominar algo muy complicado. Si invitas a una chica a cenar y a cambio, en agradecimiento, ella se acuesta contigo, en definitiva también podríamos decir que se ha prostituido.

—No es lo mismo.

—Sí que lo es. Es hacer algo a cambio de dinero. ¿Cuánto pagarías por acostarte con una mujer? —le preguntó Diana mirándole fijamente a los ojos.

—Por favor, Diana..., esas preguntas no. Yo nunca he pagado por tener sexo.

—¿Nunca? —cuestionó Diana.

—Nunca —se reafirmó Andrés—. Nunca lo he necesitado.

—Todos los hombres necesitan sexo —dijo Diana—. A diferencia de las mujeres que pueden prescindir de él. Y los prostíbulos se crearon para los hombres. Camioneros, obreros, ejecutivos, policías... Todos, o casi todos, en algún momento han visitado uno. Aunque haya sido para tomarse una copa y sentirse importantes. Poder decirle algo a una chica sin que ella pueda replicar. Mandar. Los hombres siempre quieren mandar.

Andrés resopló. La conversación con Diana le estaba superando y no sabía por dónde replicar a la chica.

—¿Cuánto pagarías? —insistió.

—Nada. Nunca pagaría a una mujer por tener sexo, ni compañía, ni nada.

—Cambio la pregunta —dijo Diana—. ¿Cuánto pagarías por tirarte a la rumana del bar Marisa?

—¡Pero si esa chica es una cría!

—Una cría de dieciocho años.

—Nada —repitió Andrés.

—¿Nada? —se rio Diana—. Imagínate que ahora entra por la puerta esa chica, con una falda corta y una blusa de tirantes marcando los pezones. Imagínatela, por favor. Y que te dice que le hagas una oferta, que le digas cuánto dinero estarías dispuesto a pagar por acostarte con ella. ¿Cuánto le darías sabiendo que ella aceptaría?

—Oye, eso ya lo vi en una película de Robert Redford.

—Más a mi favor. ¿Cuánto pagarías por acostarte con Demi Moore?

Andrés empezaba a disgustarse. Diana le estaba poniendo entre las cuerdas y no sabía el veterano policía adónde quería ir a parar la chica.

—No sé adónde quieres ir a parar, Diana. Siento no poder ayudarte en tu estudio de los hombres.

Ella se rio tímidamente, como si fuese consciente de que había abusado de la confianza de Andrés.

—Lo que quiero demostrar es lo obvio —dijo Diana—. Que todo tiene un precio.

—Eso es muy viejo. Ya sabemos que todo tiene un precio y que todo se puede comprar, pero hay barreras infranqueables.

—Todo se puede comprar —dijo Diana vocalizando despacio.

—Todo no —insistió Andrés—. Hay una barrera ética que nunca se puede traspasar. Y no se trata de poner ejemplos de cosas que se pueden pagar o no. El dinero es una necesidad, pero tiene sus límites. No es más rico el que más tiene, sino el que menos necesita —parafraseó Andrés—. Por mucho dinero que alguien ofrezca hay muchas cuestiones paralelas.

—Como la corrupción de la que antes hablabas —dijo Diana.

—Buen ejemplo. Es como las mafias policiales, el narcotráfico, los favores... Es una cuestión de ética y moral y no de dinero.

—¿Poder? —preguntó Diana.

—El poder es una forma golosa de cegar a los parias.

Diana no conocía la palabra «paria», pero por el contexto de la conversación comprendió que se refería a personas sin importancia dentro de una empresa.

—O sea que el dinero es una forma simple de obtener poder, ¿no?

—No lo sé —dijo Andrés—. Y ni me importa. Desconozco por qué la has tomado conmigo —se defendió Andrés.

—Estamos hablando, ¿no?

—Sí, pero me siento atacado, Diana. Parece que tienes algo contra mí.

Diana aspiró fuertemente y se puso un cigarro en la boca.

—Uf, perdona, Andrés. Es que me acaloro hablando y pierdo los papeles. No tengo nada en tu contra, por favor. Simplemente me gusta hablar y conocer a la gente. Eres una fuente de experiencia dentro de la Policía nacional.

—Me tienes que perdonar tú —le dijo Andrés—. Esta conversación ha llegado demasiado lejos y estamos cansados de la noche. Ya son las cuatro y media y el intelecto juega malas pasadas.

—¿Otro café?

—Te lo agradezco, Diana.

Y la chica de prácticas se dirigió a la máquina de café mientras Andrés le miró el culo, sin poder evitar una incipiente erección, la discusión le había excitado.

21

El veterano policía pensó que se estaba distrayendo de su cometido en esa noche. Tenía que encontrar a alguien próximo a Miguel Ángel Urquijo, su amigo de la infancia, para que se hiciera cargo del sepelio. De lo contrario, Miguel Ángel sería incinerado y su memoria desaparecería con él. Dos cosas le martilleaban la cabeza:

«¿Quién es la chica de la foto y qué ha venido a hacer Miguel Ángel a Huesca?», repitió en su cabeza para estar seguro de que esos eran los dos problemas que tenía que resolver.

«La primera pregunta se resolverá algún día», se tranquilizó. «Si dispusiera de más tiempo, podría ir hasta Mataró, Llavaneres, Caldes d'Estrac o Canet y enseñar la fotografía a todo el mundo, sobre todo a los policías locales o empleados del ayuntamiento. Alguien, en algún momento, me diría quién era esa chica. En las poblaciones pequeñas no existe el anonimato, eso solo ocurre en las grandes ciudades.»

Pero Andrés sabía que no disponía de tiempo. Miguel Ángel sería incinerado y el cometido de su amigo de la infancia sería hallar a esa chica para comunicarle que él había muerto en Huesca, solo, en una habitación de hospital. Pero la segunda pregunta, qué había venido a buscar y por qué preguntó por él, esa seguramente nunca la sabría.

—Dos cafés bien calientes y recién hechos —dijo Diana, dejando los dos vasos de plástico sobre la mesa, al lado del ordenador.

Andrés se metió la fotografía de la chica en el bolsillo de la camisa.

—¿Participaste en las mesas de la Policía judicial?

—¿Las mesas?

—Sí, las palizas que pegabais a los detenidos poniéndoles un casco para no dejar marca.

Andrés se preguntó si Diana era realmente quien parecía ser. ¿Y si esa chica fuese una policía de Asuntos Internos, y solo buscara sonsacarle información acerca de lo que ocurrió con el Nani veintisiete años antes?, pensó. Por un momento pensó que era muy sencillo, cogían a una policía novata, con pocos años en el cuerpo. La destinaban de prácticas en la comisaría de Huesca y la ponían en el mismo turno que él. Buscaban a una belleza, ya que la chica era guapa y tenía una sonrisa capaz de derretir una barra de acero. Aprovechaban el turno de noche, donde el cerebro se ralentiza. Y como espoleta para hacer que Andrés estallara, simulaban la muerte del mejor amigo de su infancia en un hospital de Huesca, con varias preguntas que lo atormentaran, como qué quería Miguel Ángel y quién era esa chica misteriosa de la fotografía. La foto la podían haber sacado de un archivo de sudamericanos que utilizaban las Polaroid y seguramente no sería nadie. Es posible, incluso, que Miguel Ángel nunca hubiera estado en Huesca y que ni siquiera estuviera muerto. Andrés pensó que su amigo de la infancia estaría en Mataró disfrutando de un permiso carcelario.

«Me estoy volviendo gilipollas», se dijo otra vez.

Justo había pensado eso Andrés, cuando se dio cuenta de lo absurdo que era todo. La noche le estaba pasando una terrible factura a su cerebro. Sus pensamientos perdían coherencia y se confundían con el sueño. Había llegado la hora de mezclar realidad y ficción. Andrés recordó como un compañero de seguridad que vigilaba la casa de la infanta doña Pilar en Madrid le contó que por las noches veía pasar figuras grotescas por delante de la garita y que estas se acercaban hasta la ventanilla donde él dormitaba y metían la cabeza dentro. Años más tarde, trabajando en el turno de noche, comprendió que esas visiones eran posibles.

—Yo no he participado nunca en una mesa —se defendió Andrés—. ¿Por qué tienes tanto interés por esas cosas? —le preguntó a Diana.

—Te recuerdo que eres tú el que ha comenzado a hablar de lo que se hacía antes en la Policía.

Andrés asintió y tuvo que reconocer que el tema lo había iniciado él.

—Bueno, creo que es importante para los policías que empezáis el saber qué cosas pasaban antes en la Policía.

Diana se encogió de hombros. La chica pensó que su compañero tenía ganas de hablar de eso, pero que le costaba hacerlo.

—Para no repetirlas —justificó Andrés—. Las nuevas generaciones de agentes deberíais saber lo que ocurría antes para evitar que no se vuelva a repetir nunca más.

—Pareces cansado —le dijo Diana—. ¿Quieres hablar de eso?

—Es que ya son casi las cinco de la madrugada —respondió Andrés—. Otro día te contaré más cosas que ocurrían antes en la Policía. Ahora es muy tarde.

—Ya queda poco para acabar —dijo Diana—. La emisora se ha quedado muda desde hace un buen rato.

—Sí, la patrulla debe de estar durmiendo de lo lindo.

—Hacen bien —justificó la chica.

—Dios —dijo Andrés en voz alta—. Me estoy muriendo de sueño.

El veterano policía se puso en pie y caminó hasta la salida del patio interior, donde soltó las piernas varias veces al aire, con intención de despejarse. Diana lo miró desde el interior, exhalando una columna de humo que se estrelló contra la ventana.

—Hace frío —dijo la chica.

—El frío es el mejor remedio contra el sueño —replicó Andrés desde el patio—. Háblame de ti —le dijo a Diana.

—¿Es el título de una canción?

El veterano policía sonrió.

—¿Por qué te dio por entrar en la Policía?

Andrés sabía que esa era una pregunta obligada a los aspirantes a policía nacional.

—Por tener un trabajo estable —dijo Diana sonriendo abiertamente.

—Ya. Esa es la respuesta fácil. Pero... ¿por qué quisiste ser policía?

—No me crees.

—No es que no te crea, es que me has dado una respuesta que no encaja contigo.

—Siempre me gustó la Policía nacional. Investigar, ayudar a la gente, descubrir mentiras...

—¡Ajajá! Así que has entrado en la Policía para potenciar tu instinto fustigador sobre la psicología humana.

—¿Te has sentido hostigado?

—Un poco. No sé qué pretendes con tantas preguntas sobre mi pasado —se defendió Andrés.

—Te recuerdo que fuiste tú el que sacó el tema del Nani ese que desapareció. Pensé que querías contarme algo y por eso te pregunto. Me parece un asunto interesante.

Andrés recordó que era cierto lo que Diana decía. Fue él, el que sacó el tema de la desaparición del Nani. Así que la teoría que había planteado de que Diana era una agente de Asuntos Internos enviada para sonsacarle dónde estaba el Nani y el oro que robó perdía fuelle.

—Hasta los dieciocho años mi vida fue un calvario —siguió hablando la policía en prácticas—. Soy hija de madre soltera y mi madre es una mujer sencilla, sin aspiraciones. Ha trabajado duro para darme un hogar, alimentación y estudios, pero nada más.

—¿Te parece poco? —Andrés se rascó la barbilla y pataleó el suelo del patio. Estaba cogiendo frío.

—¿Por qué no entras aquí y seguimos hablando más calientes?

«Otra vez los dichosos juegos de palabras», pensó Andrés. La expresión «más calientes» dicha por Diana sonaba incluso libidinosa.

—A los dieciocho años me di cuenta de que mi vida necesitaba un cambio de rumbo —siguió diciendo Diana, mientras Andrés se sentaba en el sofá de la Sala del 091—. Trabajando como mi madre, solamente conseguiría ser como ella... Y yo no quería ser como ella.

—¿Y tu padre?

—Nunca lo conocí. Seguramente sería algún amor de verano y se marchó como se marchan los amores de verano. Tú ya conoces la mentalidad de la costa, ¿verdad?

—Sí. Ya sabes que soy de Caldes d'Estrac.

—Y yo de Canet de Mar. Tanto los de Caldes como los de Canet hemos hecho vida en Arenys de Mar, ¿no?

—Bueno, tu época y la mía no son comparables.

—Un día me dirás cómo era Arenys en los años que tú lo frecuentabas, pero ahora ha cambiado mucho.

—Todo cambia —corroboró Andrés—. ¿Nunca te habló tu madre de tu padre? ¿No te dijo quién era, cómo era, a qué se dedicaba...? Igual eres adoptada.

—Uf, para el carro. Ella no me quiso hablar de él y yo no le pregunté. Si mi madre me hubiera querido hablar de mi padre lo hubiera hecho, y si no lo hizo es porque no quería o porque quería ocultar algo. Los padres no tienen que ser perfectos. Si hubiera sido adoptada, mi madre me lo hubiera dicho. Todo hubiera sido más sencillo. ¿Y tú, Andrés, no estás casado, hijos...?

—Sí. Ya sabía que me lo preguntarías en algún momento. Separado y sin hijos.

—Así te evitas el dichoso conflicto generacional, ¿verdad? —dijo Diana encendiendo un cigarrillo—. No creo que los padres lleguen nunca a entender a los hijos.

—¿Has pensado que ocurre lo mismo a la inversa? ¿Entiendes a tu madre?

—Pues claro que la entiendo. Una cosa es entender y otra compartir. Entiendo, pero no comparto. ¿Comprendías a tu amigo Miguel Ángel?

—Ya estás metiendo el dedo en la llaga de nuevo —recriminó Andrés.

—Solo era una comparación comparable. Podemos entender a nuestros padres o hijos de la misma forma que podemos entender a nuestros amigos. Desde el punto de vista antropológico no hay diferencia.

—Mmmm, antropología —dijo Andrés—. Hacía tiempo que no escuchaba esa palabra.

—Lo único que nos une a nuestros congéneres es una relación casual, hemos coincidido en el espacio y en el tiempo. En ese sentido no distan mucho de un amigo con el que hayas compartido la infancia. ¿Sabías que no te puedes enamorar de un hermano?

—Ya —dijo Andrés—. Lo prohíbe la religión.

—Con la Iglesia hemos topado —sonrió Diana—. Eso es una camama para proteger la especie. Para evitar que los hermanos y primos se casen entre sí y no evolucionen. No hay ninguna base científica que diga que los hermanos no pueden casarse y tener hijos. Lo de no sentir atracción entre ellos es por puro principio antropológico, los niños que conviven juntos no sienten atracción entre ellos.

—Interesante —dijo Andrés—. La pregunta que me asalta ahora es, ¿cómo sabes tanto de eso? ¿Qué estudios tienes?

—¿Ves?, otro atraso de la sociedad clasista. Uno es lo que estudia. Uno es lo que es. Y no es así. Yo sé lo que sé porque he leído, he prestado atención y he conversado mucho.

—Adivino lo felices que fueron esos hombres a los que servías en el garito ese donde trabajabas poniendo copas.

Diana arrugó la frente profundamente molesta. La chica se sintió realmente ofendida. El veterano policía se dio cuenta enseguida y quiso rectificar.

—Lo siento —dijo—. El sueño no me hace pensar con claridad.

—No lo sientas —le compadeció Diana—. El sueño tan solo ha eliminado el filtro previo a tus palabras, pero has dicho lo que pensabas. ¿Piensas que soy una mujer fácil?

Andrés resopló y su rostro palideció un instante.

—Bueno, me has dicho que trabajabas en un bar sirviendo copas.

—Ya hemos hablado de eso antes. Solamente servía copas a hombres necesitados de compañía. Nada más. Bueno... —La chica tuvo un alarde de sinceridad, pero se contuvo, no podía decirle a ese veterano policía que se duchaba desnuda ante hombres que se masturbaban contemplándola.

El teléfono de la Sala del 091 atormentó el silencio de la noche.

—¿Quién coño llamará a estas horas? —dijo Andrés viendo que eran casi las cinco de la mañana.

—¿Diga? —dijo Andrés furioso al descolgar.

La llamada era del vigilante de seguridad del albergue municipal, el lugar donde dormían los transeúntes que pasaban por la ciudad. Le contó que la noche del lunes y del martes de alojó un mendigo y que no había regresado a recoger sus cosas.

—¿El nombre?

El vigilante le dijo que se había inscrito como Miguel Ángel Urquijo Cañas. Que había venido de Barcelona y que había dejado en el albergue una bolsa de plástico con diversos efectos personales. Le explicó a Andrés que se había marchado la mañana del miércoles y que ya no había regresado, algo muy normal entre los mendigos, pero que había llamado a la Policía local para que recogieran las pertenencias que quedaban y los locales le dijeron que el mendigo había muerto y que diera aviso a la Policía nacional.

—¿Está usted en el refugio nocturno? —le preguntó Andrés.

—Sí. Estoy dentro.

—Espere en la puerta —le dijo—, enseguida voy a recoger esos efectos.

—¿Adónde vas? —le preguntó Diana cuando Andrés cogió una emisora y se la enganchó en el cinto.

—Me voy al refugio nocturno. Parece ser que Miguel Ángel durmió allí dos días y se ha dejado una bolsa con efectos personales.

—¿Quieres que te acompañe?

Andrés sonrió.

—Alguien se tiene que quedar aquí, pendiente de la emisora.

—Podemos llamar al coche patrulla y decirles que vengan aquí y así me podré ir contigo —sugirió Diana.

—No, no. Ya voy yo solo. Es un asunto personal. Además, si surgiera una llamada el coche tendría que acudir y no habría nadie que se encargara de la Sala del 091.

Andrés bajó hasta el garaje de la comisaría y Diana perdió su sonrisa durante unos segundos.

22

En la puerta del refugio nocturno le esperaba el vigilante de seguridad. Era un hombre de unos cincuenta años, con el pelo completamente blanco y un bigote muy poblado, también blanco. Salvo una incipiente barriga, apenas disimulada por encima del cinturón, se diría que estaba en plena forma física. Su tez demostraba que había abusado del sol durante el reciente verano y unas finas venas en la nariz indicaban que le gustaba beber.

—Buenas noches —saludó a Andrés nada más bajarse el policía del vehículo.

—Hola. ¿He hablado con usted por teléfono?

—Sí, sí. He llamado yo, hace un momento. Un mendigo se dejó una bolsa en la habitación. Siempre que ocurre avisamos a la Policía local y la guardan en objetos perdidos. Pero el local que me ha atendido me ha dicho que ese hombre había muerto y que en ese caso se hacía cargo la Policía nacional.

—¿Estuvo durmiendo aquí ese mendigo? —A Andrés le costaba asociar la palabra «mendigo» a su amigo de la infancia.

—Sí. Llegó el lunes y durmió aquí el mismo lunes y el martes. El miércoles por la mañana salió y ya no regresó.

Sabíamos que estaba muy enfermo, ni siquiera los otros sin techo quisieron dormir en la misma habitación. Ese yonqui debía de tener todas las enfermedades del mundo en su cuerpo.

Andrés no le siguió la corriente para que el vigilante rebajara el tono de su bravuconería.

—¿Tiene sus pertenencias?

—Sí, por supuesto. Están aquí...

El vigilante accedió al interior del refugio nocturno y cogió una bolsa de plástico que había en un pequeño banco de madera, justo a la entrada.

—Esta bolsa se la dejó en la habitación. No hay más que mierda —dijo contrayendo el rostro en señal de repugnancia—, pero aquí no nos quedamos nada.

—Está bien, ya me hago cargo de la bolsa —dijo Andrés arrebatándosela de las manos.

—Estamos tan desamparados, nosotros los vigilantes. Con que un mendigo asqueroso nos denunciara porque le hemos quitado un paquete de tabaco, seguramente nos echarían a la puta calle. Estamos completamente desprotegidos. Hoy día se le hace más caso a un indigente que a una autoridad.

Andrés se encaminó hacia la puerta de salida sin hacer demasiado caso a las explicaciones del vigilante.

—Estuve a punto de tirar a la basura esa bolsa, pero me dije a mí mismo: «No, Ezequiel, no lo hagas, que luego vendrá ese mendigo buscando la bolsa y te denunciará en el juzgado.» Así que no la tiré y la guardé aquí. ¿Tengo que firmar algún recibo de entrega?

—No es necesario —le dijo Andrés—. Hay abierto un atestado policial por la muerte de Miguel Ángel y esta bolsa forma parte de los enseres intervenidos.

—¿Miguel Ángel?

—Sí, el mendigo. Se llamaba Miguel Ángel Urquijo Cañas. Tenía nombre...

El vigilante se despidió.

—Que termine bien el servicio, agente —dijo sonriendo.

Andrés se metió en el coche de policía y se dirigió a la comisaría.

En el garaje, antes de subir a la Sala del 091, abrió la bolsa de plástico y escarbó en las pertenencias de su amigo. Era una bolsa de supermercado, bastante desgastada y con agujeros, por lo que supuso que hacía tiempo que la llevaría consigo. En el interior había dos paquetes de tabaco, uno sin empezar. Un teléfono móvil muy viejo y con la pantalla llena de rayones. Andrés comprendió por qué Miguel Ángel no tenía teléfono en las pertenencias del hospital. Un fajo de papeles doblados con varios nombres y teléfonos de contacto, supuso el policía que eran de abogados, algo muy característico entre los delincuentes. Y varias llaves oxidadas, trozos de anillo de plata y varias porciones de bujías. Andrés sabía que las bujías se utilizaban para fracturar los cristales de los coches. Se imaginó a Miguel Ángel rompiendo la ventanilla de un coche y arramblando con todo lo que hubiera en la guantera.

«Pobre diablo», musitó.

Intentó, sin éxito, poner en marcha el teléfono móvil.

«O no tiene batería o no funciona —murmuró en voz baja—. Este LG es del año de María Castaña. Lo extraño es que no tenga con él un...»

La emisora del vehículo se puso en marcha.

—Halcón-2, adelante para H-50.

La policía en prácticas le llamaba a través de la Sala del 091.

—Adelante, H-50, para Halcón-2.

—Halcón-2, he recibido llamada del vigilante del refugio nocturno. Me ha dicho que se ha dejado un cargador de móvil. Que pase a recogerlo en cuanto pueda.

—Sí, sí, recibido. Dígale que voy ahora mismo.

«Eso es lo que faltaba, el cargador del teléfono móvil de Miguel Ángel», dijo mientras arrancaba el coche de policía y se encaminaba hacia el refugio nocturno de nuevo. El vigilante se lo entregó en mano en la misma puerta. Andrés ni siquiera se tuvo que apear del vehículo.

—No me acordaba de esto —le dijo sosteniéndolo en su mano—. Se lo quitamos nada más llegar. No dejamos que los mendigos tengan cables con los que poder ahogarse.

Andrés se imaginó a un mendigo asesinando a otro con el cable de un cargador de móvil. El veterano policía le arrancó literalmente el cargador de las manos al vigilante. Y sin tiempo que perder regresó a la comisaría de policía. Mientras conducía pensó que quizá pudiera poner en marcha el teléfono móvil de Miguel Ángel y así podría saber más cosas de él. Con el teléfono se abría una nueva vía de investigación para contactar con alguien que él conociera. Las posibilidades eran infinitas, pensó el policía, en el caso de que hubiera contactos en la agenda del móvil. Tan solo tenía que llamarlos a todos de uno en uno. Desconocía si tenía algún familiar, aparte de su hermana, al que poder comunicar el fallecimiento, pero Andrés seguía convencido de que esa chica de la foto era alguien importante para él. Tan solo era una corazonada, pero la intuición de un policía a veces pesa más que cualquier prueba.

—Tengo que saber quién es esa chica —se dijo mientras metía el coche de nuevo en el garaje de la comisaría.

23

Mientras esperaba a que regresara Andrés del refugio nocturno, la policía en prácticas Diana Dávila se sumió en sus propios recuerdos. Se retrepó en la silla de la Sala del 091 y comenzó a recordar. Había cumplido los dieciocho años y llevaba unas semanas trabajando en el bar Mir de Arenys de Mar. Pese a ducharse desnuda ante añosos que se masturbaban previo pago de ingentes cantidades de dinero, la chica aún era virgen.

Pero todo cambió cuando conoció a Dionisio Plazas. Dionisio era un cincuentón de buen ver, desahogado económicamente, que tenía una preciosa casa en Sant Vicenç de Montalt, un pequeño pueblo a pocos kilómetros de Caldes d'Estrac y que Diana llegó a visitar en varias ocasiones.

Allí fue donde perdió la virginidad.

A finales de abril de 2007 Diana había quedado a cenar con Dionisio en un restaurante de Mataró. La chica sintió una incalificable atracción por aquel hombre. No sabía explicar qué es lo que tanto le atraía de él, ya que no era una atracción física, sino intelectual. Era algo así como una rotura de esquemas preestablecidos. Ella siempre había sentido animadversión hacia los hombres maduros, y esa inquina se aceleró cuando sorprendió al padre de Javier Romanos observándola mientras ella disfrutaba bajo los dedos de su hijo. Pero Dionisio era distinto. Dionisio era inteligente y albergaba una mundología adictiva. Trabajaba en el puerto de Barcelona y Diana nunca supo qué cargo tenía, pero debía de ser de mucha responsabilidad, ya que ganaba mucho dinero y constantemente recibía llamadas de teléfono que respondía con un simple: «Sí, de acuerdo» o «perfecto, ya te llamaré». Dionisio no tenía coche, ya que decía que era una pérdida de tiempo y siempre se desplazaba en taxi o en tren. Aprovechaba los trayectos para leer informes de los que siempre le acompañaban. El primer indicio de atracción por parte de Diana quizá fue ese precisamente: el dinero. La chica se sentía segura al lado de una persona que no tenía preocupaciones económicas y que nunca hablaba de si esto era caro o de que aquello no se puede conseguir. Para Dionisio no había nada inalcanzable. Lo siguiente que le atrajo fue su seguridad. Dionisio estaba seguro de todo. Era un hombre sin miedos, al menos aparentes, y a sus ojos todo tenía una parte positiva. Y lo tercero, y que fue lo que hizo que Diana se enamorara de él, fue la forma en que la trataba. Para él, ella era una amiga, una compañera, en definitiva..., una persona. Nunca insinuó que fuese una tía buena, ni que tuviera un cuerpo de infarto, ni babeó cuando se desnudó ante él. Diana se sintió como una reina entre reinas, como una diosa del Olimpo. Diana, en definitiva, era feliz con él. Las mujeres libres dan miedo a los hombres, pero Dionisio no tenía miedo de Diana. Y esa ausencia de miedo es la que provocaba en Diana una seguridad que nunca tuvo al lado de ningún hombre de los que pasaron por su vida.

—Esto no durará mucho —le dijo Dionisio a finales del mes de mayo, una madrugada que ambos yacían recostados en la enorme cama de la casa de Sant Vicenç de Montalt.

Diana sabía que el amor entre una dieciochoañera y un cincuentón no podía perpetuarse en el tiempo. Pero no le importaba, se había acostumbrado a vivir el momento actual. De seguir juntos, cuando ella cumpliera los cuarenta, él tendría más de setenta. Pero no habrían desaparecido los motivos de su enamoramiento, seguirían vigentes: el dinero, la seguridad y el trato.

Una pregunta comenzó a atormentar a Diana:

—¿Seré la única?

Toda esa riqueza intelectual y económica que abanderaba Dionisio Plazas podía ser compartida por otras chicas. ¿Quién le decía a Diana que su amante no tuviera tantas chicas jóvenes como su capacidad sexual pudiera tolerar? La pareja no quedaba cada día y Diana nunca supo qué hacía él los días que no iba al bar Mir o los días que no quedaban en su casa. Así que comenzó a desarrollar unos celos enfermizos, algo que nunca antes le había pasado. Y precisamente por eso: por no estar acostumbrada a ser celosa, que la chica cogió miedo. Lo desconocido siempre nos aterra.

—Los celos es el primer motivo de ruptura de las parejas —le dijo Dionisio, una tarde que ambos compartían un café en una terraza de Arenys de Mar.

Diana había dejado de trabajar en el Mir y ya nunca más se duchó desnuda para nadie. Su economía dependía exclusivamente del dinero que le daba Dionisio. Eso la hizo sentirse como una prostituta.

—Los celos son el síntoma de que algo marcha mal en la pareja —replicó Diana—. Primero viene el problema y luego los celos.

Con sus palabras no hizo más que aseverar, ante la mirada impasible de Dionisio, que los celos la estaban devorando por dentro.

—Antes de conocerte era libre —dijo Dionisio—. Y ahora somos libres los dos.

Esa libertad recíproca no era compartida por Diana. Él quería estar con ella, pero al mismo tiempo quería que ella viviera su vida.

—Me pregunto cuántas chicas vienen a tu cama.

Dionisio no respondió. Y fue precisamente en el silencio donde dijo todo lo que Diana temía.

—¿Cuántas, Dionisio? ¿Diez, cien..., mil?

—Son solo números. Cifras. Una sola ya sería suficiente para que te sintieras celosa.

Ambos sabían que los celos no son cuestión de números. Los celos se empiezan a contar desde el número uno y no se detienen nunca.

—Yo también estoy con otros hombres, ¿sabes?

Diana quería herirlo, pero no lo consiguió.

—Haces bien. Una mujer como tú debería estar con todos los hombres que quisiera.

Era la primera vez que Dionisio hacía mención a sus cualidades físicas; aunque Diana reflexionó sus palabras y pensó que quizás hablaba de su conjunto. Ella era, para él, excepcional.

—Pues estoy con más de diez hombres cada día. Con muchos. Con todos los que puedo. Con varios a la vez. Ellos se corren sobre mi vientre, en mi cara. Me penetran por el culo y me escupen encima mientras gimo de placer. Y luego, mientras me ducho, ellos se masturban viendo cómo el jabón resbala por mis pechos.

Lo de ducharse desnuda mientras los hombres la miraban era algo que ya sabía Dionisio. Las primeras veces de ir al Mir corría la voz entre los clientes del servicio que prestaba Diana a la comunidad de hombres maduros. Pero él tuvo la suerte de ir más lejos. Él se llevó el premio grande.

—Mientes —le dijo mirándola fijamente a los ojos—. No eres más que una cría consentida que quiere tenerlo todo. Una niña que odia a los hombres y por eso les hace sufrir.

Y Diana se echó a llorar.

Los pensamientos de Diana fueron interrumpidos por Andrés Hernández cuando accedió a la Sala del 091. En una mano sostenía un teléfono móvil y un cargador, en la otra una bolsa sucia de plástico y con algún agujero.

—¿Qué traes? —le preguntó la chica mirándolo con extrañeza.

—El teléfono de Miguel Ángel —respondió visiblemente contento—. Voy a ponerlo a cargar para saber a quién llamó antes de morir y quién le llamó a él. Bueno, y ver todos los números de su agenda.

—¿De dónde ha salido ese teléfono? —preguntó Diana.

—Miguel Ángel durmió dos noches en el refugio nocturno antes de ser ingresado en el hospital. Este teléfono —dijo mientras lo sacaba de la bolsa y lo dejaba encima de la mesa de la Sala del 091—, se lo dejó en el refugio y me lo ha entregado el vigilante. Aquí está la clave —dijo eufórico.

—Voy a traer dos cafés —dijo Diana.

Y se puso en pie y fue hasta la máquina de café balanceando un cigarro en la boca.

Andrés se percató de que hacía bien poco que la chica había llorado.

24

Mientras Diana iba hasta la máquina de café, Andrés conectó el teléfono móvil de Miguel Ángel y esperó unos segundos para pulsar la tecla de encendido. El corazón se le aceleró, ya que tuvo el presentimiento de que con su teléfono iba a averiguar más cosas del amigo de su infancia. La pantalla parpadeó un instante y seguidamente apareció un recuadro donde solicitaba el número PIN.

—Hay que joderse —dijo Andrés chasqueando los labios.

En esos momentos regresaba Diana portando dos vasos de café en la mano izquierda y un cigarrillo en la mano derecha. Andrés se percató de que la chica sabía servir copas, por la forma de sostener los vasos en una sola mano.

—¿Funciona? —le preguntó sonriente.

—A medias. Se ha puesto en marcha, pero me pide el PIN.

—Bueno —dijo Diana—, ese teléfono es antediluviano —dijo refiriéndose a lo anticuado del modelo—. Seguramente no será tan difícil averiguar el número secreto.

Andrés miró el reloj de la Sala del 091, pasaban diez minutos de las cinco. En una hora, como mucho, regresaría el coche patrulla de la calle y entonces no podría hacer nada más. Lisandro e Iván estarían ahí con ellos hasta poco antes de las siete, que vendría el relevo del turno de mañana. Aunque la noche parecía larga, en estos últimos momentos comenzó a hacerse más corta; al veterano policía le faltaba tiempo para saber algo más de Miguel Ángel.

Andrés metió la fecha de nacimiento de su amigo, que era la misma fecha en que nació él. Tecleó 1965. La pantalla realizó un leve temblor y mostró en rojo el texto: número incorrecto.

—Espera —le dijo Diana que lo estaba observando—. Si te equivocas tres veces se va todo al garete. Estos teléfonos tienen un sistema de seguridad que los bloquea. Desbloquear los tres intentos de acceder con la clave incorrecta puede llevar mucho más tiempo y es posible que se pierda toda la información. Toma el café tranquilo —le sugirió—, y déjame a mí...

—¿También sabes de electrónica?

—No sé de electrónica, pero sí que sé de internet —dijo sentándose en el ordenador de la Sala del 091—. San Google nos ayudará.

Andrés bebió el café en sorbos cortos mientras miraba a Diana aporreando el teclado y buscando fórmulas de desbloquear los teléfonos LG. La chica deslizaba sus dedos largos por el teclado mientras se detenía de vez en cuando a observar la pantalla del ordenador. En alguna ocasión patinó el dedo índice de su mano derecha por el monitor, como si estuviera subrayando algún texto.

En unos minutos la impresora escupió varios folios que Diana se apresuró a recoger.

—Si con esto no sale, mejor que me dedique a otra cosa —dijo sonriendo.

La chica cogió el teléfono móvil de Miguel Ángel, que

estaba conectado al cargador, y abrió la tapa trasera. Andrés la miró, pero no dijo nada. Luego realizó una combinación de teclas, manteniendo pulsado el botón de encendido mientras apretaba el botón de llamada. Finalmente metió un código alfanumérico que leyó de uno de los folios que imprimió. La melodía de inicio del teléfono indicaba que la operación había sido un éxito.

—¡Ya está! —dijo Diana—. Lo hemos conseguido.

Y se levantó y le dio un beso en la cara a Andrés. El veterano policía se contrarió.

—Te has sonrojado —dijo Diana sonriendo, pero sin llegar a burlarse. Fue una expresión de admiración.

—No me he sonrojado.

—Sí que lo has hecho. Y eso me halaga.

—Eso no quiere decir nada, solo que no me esperaba que me dieras un beso.

—Toma —le dijo la chica entregándole el móvil—. Aquí tienes el teléfono de tu amigo.

Diana recordó que una vez alguien le dijo que las mujeres libres dan miedo a los hombres. Y ella no quería que Andrés tuviese miedo.

Andrés cogió el teléfono y lo sostuvo unos instantes en su mano sin saber muy bien qué hacer con él. Luego accedió a los mensajes de texto. En la bandeja de entrada solo había un mensaje y decía:

«Su saldo se ha agotado, recargue el móvil.»

La bandeja de salida estaba vacía. Y las llamadas entrantes y salientes estaban vacías, como si las hubiera borrado.

—¡Mierda!

—¿Nada? —le preguntó Diana.

—Nada de nada. Es como si este teléfono se lo hubiera encontrado Miguel Ángel y nunca lo hubiese hecho funcionar.

Diana sonrió.

—Igual no es de tu amigo y nunca lo pudo poner en marcha. ¿Has mirado la agenda?

—¿La agenda?

—Sí, todos los teléfonos tienen una agenda de contactos.

Andrés accedió al menú principal y buscó la agenda. Había seis contactos con sus correspondientes nombres: Abogada, Bar, Tienda, Joyero, Paro y Xia.

—Creo que este móvil no era de él, se lo debió encontrar y lo guardó con sus pertenencias.

—¿No hay ningún contacto en la agenda?

—Sí, hay seis. Podría llamarlos uno a uno y preguntarles si conocían a Miguel Ángel Urquijo. Lo más seguro es que me mandaran a tomar por culo. Sobre todo si les llamo a esta hora. —Miró el reloj de la Sala.

—Pues no estaría mal llamar —dijo Diana—. Hombre, ahora no, que son casi las cinco y media de la madrugada, pero mañana a partir de las nueve se puede llamar a cualquiera. Si conocieron a tu amigo te podrán dar más detalles sobre él.

Andrés volvió a pulsar uno de los botones del teléfono, ya que se había apagado la pantalla, y se fijó en los nombres. Los cinco primeros estaban más o menos claros. «Abogada», que solicitaría cada vez que lo detenían. «Bar», donde iría a beber o comer. «Tienda», donde compraría. «Joyero», al que vendería las joyas que robaba. «Paro», sería la oficina del paro de Mataró, pero... ¿qué o quién era Xia?

—¿Algo? —le preguntó Diana.

—Menos que nada. Creo que al final incinerarán a Miguel Ángel y nunca le podremos decir a nadie que murió en Huesca, en el más completo olvido.

—Olvido no —corrigió Diana—. Tú le conoces y estás haciendo más por él de lo que nunca nadie hizo. Estoy segura de ello.

Andrés pensó qué sabría esa chica de prácticas que llevaba cuatro días en la Policía. Le empezó a resultar incómoda su pedantería. Luego se dio cuenta de que Diana solamente quería animarle. La verdad es que para veintiún años era una chica muy espabilada y sabía de casi todo.

—Aún no me has dicho por qué entraste en la Policía —le preguntó Andrés, sin que la chica se esperara esa pregunta.

—Ya hemos hablado antes de eso.

—Sí, pero creo que no respondiste a mi pregunta.

—Yo pregunté primero —le dijo Diana forzando una sonrisa agradable.

—¿Primero?

—Sí, no me has dicho si estuviste en la mesa que le hicieron al Nani antes de desaparecer.

Andrés agachó la cabeza y resopló.

—Mira que eres pesada. Eso no es de tu incumbencia.

—Lo mismo que los motivos que me llevaron a entrar en la Policía —replicó Diana a la defensiva.

—Entonces... —dijo Andrés—. ¿Hay motivos?

—Siempre los hay.

—Quid pro quo —dijo el veterano policía.

Diana sabía el significado de esa expresión desde que vio la película *El silencio de los corderos*, unas de sus predilectas.

—Quid pro quo, Andrés. Empiezas tú, yo pregunté primero.

Y Andrés comenzó a hablar.

25

—Todo en esta vida es comparable. Hay muchas teorías al respecto, pero todo tiene que ser comparable para ubicarlo dentro de su entorno. Un hombre es alto si los que le rodean son bajos. Si ese mismo hombre viviera solo, en una isla desierta, nunca sabríamos si es alto o bajo, hasta que llegaran otros hombres con los que poder compararse. Tú, por ejemplo —dijo Andrés señalando con el dedo índice a Diana—, eres guapa, porque te comparas con otras mujeres. Si en todo el mundo, tú fueses la única mujer, nunca podrías saber si eres guapa o no.

Diana sonrió mientras encendía un cigarrillo. El comentario de Andrés le hizo gracia.

—Quieres decir que soy fea —siguió bromeando.

—Ya sabes lo que quiero decir. —Arqueó las cejas el veterano policía.

Diana, de momento, no sabía adónde quería ir a parar su compañero.

—En esta vida hacemos las cosas bien o mal, según con qué las comparemos. Ajusticiar a un detenido en su propia celda estaría mal, muy mal. Pero si fuésemos a Somalia, por ejemplo, y allí viéramos cómo matan a un ladrón en plena calle, para los de allí no sería algo descabellado. Ya lo dijo Einstein: todo es relativo.

Diana sonrió con la comparación. Se preguntó qué tendría que ver Einstein con todo esto.

—Es la segunda vez que nombramos a Einstein —dijo la chica.

—Sí, antes lo has nombrado tú —corroboró Andrés—. Igual es que hay una relación entre la violencia y la inteligencia. Ser inteligentes nos hace más violentos.

—No estoy de acuerdo —dijo Diana—. Los *Homo erectus* eran especialmente agresivos y no tenían nada de inteligencia.

—Eso no lo puedes saber.

—Lo he leído en una revista de ciencia.

—Digo —insistió Andrés—, que no lo puedes saber porque no estuviste allí. Las revistas de ciencia, o los científicos, saben qué forma tenían los animales de esa época por los restos hallados, pero no saben cómo pensaban o si eran inteligentes o no. ¿Cómo pueden saberlo?

—Por estudios.

—¿Estudios? ¿Acaso han hablado con un antepasado nuestro para saber si eran inteligentes o no? ¿No te has parado a pensar que quizá comenzaron a ser agresivos a medida que se hacían inteligentes?

—Ja, ja —se burló Diana—. Es la primera vez que oigo alguien que relaciona agresividad e inteligencia, como si tuvieran que ser correlativas y concordantes. Ser agresivo es de incultos. Bueno, no exactamente, de las personas de baja calaña moral y carentes de inteligencia. Cuanto más tonto es, más agresividad demuestra. Eso está claro. ¿O acaso no te has fijado en los gatos? —dijo Diana—, ¿no has visto lo dóciles que son e incapaces de hacer daño a nadie?

Andrés se acordó de un gato que atrapó la Policía local de Madrid, que se había acuartelado en un portal de la calle Recoletos y amenazaba con matar a cualquiera que pasara por allí.

—Bueno —dijo—, hay gatos agresivos.

—Hay gatos enfermos que son agresivos, pero no por naturaleza, sino por enfermedad.

—Más a mi favor —insistió Andrés—. La agresividad puede ser una enfermedad y como tal hay que tratarla.

—¿Insinúas que los policías que golpean a los detenidos son enfermos? —cuestionó Diana.

—Ahora me he perdido —se defendió Andrés—. ¿No estábamos hablando de la relación entre inteligencia y agresividad?

—Esa relación la has planteado tú —aseguró Diana—. Has dicho, a raíz de nombrar a Einstein, que es posible que haya una relación entre inteligencia y agresividad.

—Y la hay —volvió a afirmar Andrés—. El ser humano es agresivo desde que es inteligente. Es agresivo porque quiere hacer daño a los demás y eso radica en su propia inteligencia. Los *Homo erectus*, como has dicho tú, fueron antepasados nuestros que desarrollaron su agresividad en el mismo momento que comenzaron a ser inteligentes. Un anormal no golpearía a alguien por el placer de hacerlo, si lo hace es porque tiene consciencia de ello.

—«Anormal» es la palabra clave —sonrió Diana—. Un policía que pega a un detenido indefenso es un anormal.

—¿Por qué hablamos de esto? —preguntó confuso Andrés.

—No sé, has iniciado tú el tema cuando has hablado de Einstein.

Diana se echó a reír.

—En lo sucesivo intentaremos no nombrar a Einstein otra vez, cada vez que lo hacemos acabamos discutiendo.

—Mira, Diana, somos peones en un tablero de ajedrez —siguió hablando Andrés—. Avanzamos y avanzamos sin poder retroceder y nuestro destino es llegar a la meta para poder ser lo que queramos. ¿No es acaso el fin el principio de todo, la reencarnación? La meta no es más que la muerte, el peón muere, desaparece, para transformarse en un ser superior, una reina, por ejemplo. Pero nunca llegará a ser rey, un peón nunca lo hará. Nosotros nacemos peones y peones moriremos. En el camino lento hacia nuestro destino nos flanquearán las demás piezas de la vida, pero paso a paso iremos tomando posiciones. No queda más remedio que detenernos o avanzar, no podemos recular ni volver al principio.

Diana encogió los hombros. La chica no sabía qué le quería decir Andrés, si es que le quería decir algo o hablaba por hablar.

—Cuando estás en un lugar nuevo, donde no has estado nunca antes, tu único punto de referencia son las personas que te rodean. Dice el refrán que allá donde fueres haz lo que vieres. Y es cierto, cuando llegas a un sitio nuevo te debes comportar como los que ya están allí. En el año 1983 yo acababa de cumplir los dieciocho años y sabía tan poco de todo... —reflexionó Andrés—. Se empezaba a vislumbrar que en poco tiempo se fusionarían los dos cuerpos policiales en uno solo. La Policía nacional y el Cuerpo Superior de Policía pasarían a ser un único cuerpo policial, el que somos ahora —dijo—. Pero faltaban tres años para que eso ocurriera, no fue hasta 1986 cuando se hizo efectiva esa fusión. Las Fuerzas y Cuerpos de Seguridad del Estado necesitaban una limpieza a fondo, tenían que quitar a muchos «polisaurios» de ambos cuerpos antes de conseguir una Policía moderna..., civilizada. Mientras la Policía nacional eran militares, incultos y catetos a los ojos de los inspectores, el Cuerpo Superior de Policía eran universitarios, la mayoría señoritos de familias acomodadas. No hace falta que te recuerde que en los años ochenta no todos podían estudiar, como yo —dijo señalándose el pecho.

Diana siguió dando bocanadas al cigarrillo y no interrumpió la explicación de Andrés en ningún momento.

—Llegué como alumno de policía a la Comisaría General de Policía Judicial. Allí no había más que un batiburrillo de agentes de los dos cuerpos mezclados con alumnos de policía. Se estaba poniendo en práctica la permuta con el servicio militar, es decir, mientras estuvieras en la Policía te librabas de la mili. Tan solo hacía ocho años que había muerto Franco, ¿sabes quién era?

—Un dictador —dijo Diana quedamente mientras sonreía.

—No, eso dicen los libros de historia. Es una forma muy simple de decir algo muy complicado. Franco no era un solo hombre que sojuzgaba a una nación. Franco era la cabeza visible de un grupo de hombres, peor que él, que dominaban el destino de España. Él solo no hubiera podido mantenerse cuarenta años en el poder. Pues ese hombre solo hacía ocho años que había desaparecido cuando yo llegué a la Comisaría General de Policía Judicial de Madrid. ¿Sabes qué significa?

—Que aún estaba presente su estela.

—¿Su estela? Qué graciosa eres. Significaba que él había muerto, pero que aún seguían vivos los que eran peor que él. La mayoría de los mandos policiales, comisarios, subcomisarios, inspectores y todos los demás, eran los mismos. ¿Entiendes? Franco había muerto, pero ellos eran los mismos. Es como si después de matar a Julio César todos los generales de los ejércitos hubiesen seguido siendo los mismos. ¿Habría cambiado algo?

—Bueno, no es lo mismo —objetó Diana.

—Vale, vale, he puesto un mal ejemplo, pero creo que ya me has entendido. Lo que quiero decir es que todo lo que se hacía en la Policía cuando vivía Franco seguía haciéndose ocho años después. Había un teniente de la Policía nacional que portaba la bandera facha en la culata de su revólver.

—¿Bandera facha?

—Sí, la bandera española con el águila en la parte izquierda. El aguilucho desapareció en 1981, pero en 1983 aún había algún militar que la portaba adosada a su arma. ¿Entiendes lo que te quiero decir? Ellos aún estaban allí, ellos todavía mandaban.

—Sí, ya sé lo que es la bandera facha —se ofendió Diana—. Lo que me extraña es que años después de la muerte de Franco aún hubiera policías que lo veneraran. Eso debería ser un delito.

—Hay tantas cosas que son delito... —sonrió con la boca torcida Andrés.

—Entonces... ¿Allí fue lo del Nani?

—A Santiago Corella solo lo vi una vez.

—¿Santiago Corella?

—Era el nombre del Nani. Solamente lo vi la tarde que lo detuvieron por el atraco de la joyería de la calle Tribulete. Lo trajeron unos inspectores, ya que según habían dicho el atraco fue cosa suya. Yo estaba de prácticas, como tú, y me limitaba a aprender de los veteranos.

—Ver, oír y callar —dijo Diana.

—Algo así, pero con el miedo en el cuerpo. Yo veía que aquello no era normal; todavía no había sido contaminado por el cine.

Diana arrugó la boca.

—Sí. Hoy día hay cosas que por culpa del cine las vemos normales. Ya nadie se asusta cuando entra un asesino armado con dos fusiles de asalto, uno en cada mano, y mata a todo el que se pone por delante, sin que nunca se le terminen las balas. El cine nos ha acostumbrado a las barbaridades más atroces, pero en esa época las películas padecían la censura y el mundo era de color de rosa.

—Nunca comprendí eso de la censura —dijo Diana—. Me parece tan *heavy*...

Andrés sonrió por la expresión utilizada por Diana, no encajaba con el resto de su vocabulario tan cultivado.

—Sí, era *heavy*, como bien dices. Pero se practicaba a rajatabla. Antes de proyectar las películas en las salas de cine las tenía que ver un censor, un tío muy malpensado que veía sexo y depravación en cualquier escena, sobre todo en las películas americanas, que ya de por sí venían cargadas con su propia censura. No pienses que los yanquis son muy liberales, al contrario, también ellos son unos meapilas.

—¿Meapilas? —sonrió Diana por la palabra.

—Sí, es algo así como un santurrón. Pero en definitiva se podría traducir por hipócrita, alguien que quiere aparentar lo que no es.

—Te estás desviando del tema...

—Ah, sí, bien, las cosas que ocurrían en aquel calabozo no eran nada ortodoxas. Los inspectores no tenían pruebas contra el Nani y si no hay cadáver no hay asesinato. Así que se centraron en localizar las joyas robadas. Sabían que si encontraban las joyas el caso quedaría resuelto. Pero el Nani nunca les dijo dónde estaban.

—Igual no lo dijo porque no lo sabía.

—Ahí viene mi dilema moral, ¿entiendes? Presencié

aquello sin intervenir, ni antes, ni después, y ahora, con el paso del tiempo, pienso que ese pobre diablo aguantó las palizas porque realmente decía la verdad: no sabía dónde estaba el oro. Pero..., yo no tuve la culpa y por lo tanto no me siento culpable.

—Culpa, culpa... No —dijo Diana rascándose la nariz a la altura de la marca del *piercing*—. Pero te podrían acusar de encubridor.

—¿Me vas a delatar?

—Yo, no, desde luego —dijo Diana poniéndose seria por primera vez en toda la noche—. Pero podías hacer un ejercicio de exorcización y decir la verdad, aún no es tarde.

—¿A quién? ¿Cómo? Me podrían juzgar como encubridor, como bien dices.

—El encubrimiento prescribe a los veinte años, y de la desaparición del Nani hace ya veinticuatro años.

—¿Estás segura de eso? —cuestionó Andrés.

—Claro, te recuerdo que he salido de la Escuela de Policía hace unos meses y tengo el temario fresco en la memoria. Así que podrías contar todo lo que sabes y ningún tribunal te podría juzgar.

Andrés bajó la mirada.

—Entiendo. El miedo guarda la viña, ¿verdad? No te juzgarían pero aún viven esos hombres, los que estuvieron allí.

—Nunca he hablado con nadie de esto —se sinceró Andrés—. Y todavía no sé por qué te lo he contado a ti. Ahora, mi vida está en tus manos.

Andrés no sabía por qué le contaba lo del Nani a Diana. Nunca se lo contó a nadie. Ni a su mujer Georgina, ni a ningún compañero de trabajo. Había pasado tanto tiempo que no tenía ningún sentido que lo hiciera ahora. Pero esa noche era especial. Era la noche de los peones y Andrés sentía que en Diana podía confiar. Era una chica diferente. No se sentía vulnerable ante ella y no quería dejar pasar la oportunidad de expiar sus pecados.

«Hoy o nunca», meditó.

—El sueño te está atontando —se rio estruendosamente Diana—. No me has contado nada y tu vida no está en mis manos. De todas formas, y sin que sirva de precedente, te voy a contar mi vida en versículos y así verás que no eres el único que tiene secretos.

Y Diana contó su historia...

26

—Como bien has dicho antes, todo es comparable y necesitamos comparar todo —comenzó a hablar Diana—. De niña siempre me comparé con las otras chicas. La diferencia principal, y que todas mis compañeras siempre señalaban, era que yo no tenía padre.

Diana hizo un paro y se encendió un cigarrillo.

—¿Estás fumando mucho, no? —le preguntó Andrés.

—Me tranquiliza —dijo ella—. En las fiestas de fin de curso, en la comunión y cuantas reuniones familiares que hubiera, ellas siempre venían acompañadas de su padre y su madre. Incluso algunas venían con los abuelos. Cuando tuve edad de pensar, sobre los ocho años, empecé a preguntarle a mi madre dónde estaba mi padre. Ella me respondía siempre con un, «tú no tienes padre, tu padre murió». Esa respuesta era suficiente como para compadecerme de mi madre e idealizar a mi padre, al que siempre imaginé como un luchador, un héroe, que murió en alguna guerra o en un viaje de negocios.

—¿Un último café? —interrumpió Andrés.

—Vale —replicó Diana.

El veterano policía se levantó de la silla de la Sala del 091 y se fue hasta la máquina de café. Diana aprovechó para completar el parte de sala con las mentiras que se ponían cada noche acerca de los servicios que nunca se hacían. Puso que la dotación policial estuvo toda la noche patrullando los polígonos y que se pasó varias veces por la zona comercial, en previsión de robos. Ella sabía que la patrulla nocturna estuvo haciendo lo que hacía todo el mundo por la noche: dormir. Después de todo, se preguntó: «¿Quién va a robar un martes por la noche del mes de octubre?» En las calles de Huesca no había nadie y siendo ya casi las seis de la mañana a los únicos que se podían encontrar los agentes era a los repartidores de periódicos y a los trabajadores que iniciaban su jornada. En ese sentido, Huesca era una ciudad muy tranquila.

—Aquí tienes —le dijo Andrés dejando dos vasos de café sobre la mesa de la Sala del 091.

—¿Estás casado, Andrés?

El policía arrugó la frente.

—Perdona. No sé por qué te lo he preguntado.

—No importa. Lo estuve. Hace un millón de años —sonrió—. Pero lo dejamos.

—Lo siento.

—No hay nada que sentir. No éramos compatibles. Eso es todo. Su padre era argentino y decía mucho una expresión que te he oído varias veces.

Diana arrugó la frente.

—Hasta lueguito —dijo Andrés—. Ella siempre decía «hasta lueguito» cuando se iba. Es curioso —sonrió— que una expresión que significa algo corto, de poco tiempo, la última vez que me la dijo se convirtió en eterna.

Diana percibió que su compañero de turno se entristecía y cambió de tema.

—Bueno, me hablabas del Nani...

—No —contradijo Andrés—. Eras tú la que me decías que no tenías padre...

—Sí, esa fue la primera diferencia que percibí entre mis compañeras de colegio y yo —siguió hablando Diana—. Mi madre era reacia a explicarme quién era él y por qué no estaba con nosotras. A los doce años comenzó a aflorar la rebeldía de la adolescencia y empecé a odiar a mi madre, por ser tan tonta, y a mi padre, por abandonarnos. Ya que un día le pregunté a mi madre:

»—¿Dónde está su tumba?

»Si había muerto, tuvo que ser enterrado en algún sitio.

»—Murió en el extranjero —me dijo, como única respuesta.

»Yo sabía que los cuerpos se pueden repatriar. Es más, se deben repatriar. En septiembre de ese año fue el atentado contra las torres gemelas de Nueva York y había escuchado en la televisión que el gobierno español repatriaría los cadáveres en el caso de que hubieran nacionales. Así que si mi padre había muerto en el extranjero, como decía mi madre, su cuerpo tendría que haber sido traído a España de alguna forma.

»—Nunca hallaron su cuerpo —insistió mi madre.

»Antes se coge a un mentiroso que a un cojo, dice el refrán. Y es cierto, las preguntas que podía hacer una niña de doce años incomodaban a mi madre de tal forma, que cada respuesta que daba hacía más patente que estaba mintiendo. Cuando seas más mayor te contaré la verdad, terminaba diciendo. Y eso es lo peor que se le puede decir a una chica de doce años. Yo ya era mayor y comprendía todo lo que me rodeaba. Mi madre me estaba mintiendo.

Andrés terminó el café y arrojó el vaso a la papelera. Su silencio animó a Diana a seguir hablando.

—Tampoco tenía abuelos a los que preguntar, ni familiares. Mi madre y yo vivíamos solas en Canet de Mar y ninguna de sus pocas amigas nombró jamás a mi padre. Ya sabes, algo del estilo «qué bueno era tu marido» o «qué pena que nos dejara». Nada. Y los pensamientos hacia mi padre cambiaron radicalmente cuando cumplí los quince años. Entonces empecé a pensar que mi padre era un cincuentón o sesentón que se acostó con mi madre y luego la abandonó como se abandona algo que no necesitas. Imaginé que sería algún cliente de un bar donde ella trabajaba y que viéndola necesitada le daría unas cuantas pesetas por pasar una noche de sexo.

Andrés arrugó la frente, pero no dijo nada.

—Ya sé que te puede parecer un pensamiento cruel, pero esa era la idea que tuve de mi padre cuando yo tenía quince años: un viejo verde. Mi madre siempre ha sido muy guapa y lo es aún, a pesar de los palos que le ha dado la vida. Siempre trabajando y sufriendo. Ahora siento lástima por ella, ya que sé que lo ha dado todo por mí. Así que pensé que ese añoso...

—¿Añoso? —preguntó Andrés.

—Sí, bueno, es la forma que tengo de llamar a los que tienen años, bueno, quiero decir, a los hombres maduros.

—¿Yo soy un añoso?

Diana lo miró a los ojos con cierta vergüenza.

—No, Andrés, tú eres un encanto.

El veterano policía pensó que le había dado una respuesta cortés, pero que no se ajustaba a la verdad.

—No sé por qué —siguió hablando Diana—, que me fragüé una imagen estereotipada de mi padre. Pensé que era un putero que se acostó con mi madre por dinero, pero que ella realmente lo quería y se enamoró de él y por eso se dejó embarazar y me tuvo a mí. Luego fui más lejos y pensé que mi madre me odiaba. Si yo era el fruto de ese hombre, ella me tenía que odiar por fuerza.

—No tiene nada que ver —interrumpió Andrés, pensando que Diana había terminado de hablar—. Las madres quieren a sus hijos independientemente de quién sea el padre.

—Ya, ya, te estoy hablando de lo que pensé cuando tenía quince años. Afortunadamente mi consciencia fue evolucionando y más tarde me di cuenta de que mi madre me quería mucho y fue ese amor precisamente lo que hizo que ocultara la identidad de mi padre.

—En definitiva... —dijo Andrés—, nunca has sabido quién es tu padre.

Diana balanceó la cabeza mientras arrugaba la boca.

—Nunca lo he sabido, pero desde los quince años que dejé de preguntarme por él. Ya no me interesa. Yo no tengo padre.

Andrés recogió un puñado de folios con los partes de hospedería y los metió en una carpeta. El veterano policía pensó que la historia de Diana había llegado a su fin.

—Pero cuando cumplí los dieciocho años supe que la historia de mi padre me había marcado. Con esa edad conocí a un añoso.

Andrés se reincorporó en la silla de la Sala, la historia de Diana continuaba.

—No me voy a alargar mucho, pero solo te voy a decir que me enamoré de forma perdida de un hombre que podía ser mi padre. Yo trabajaba en el bar sirviendo copas, solo sirviendo copas, como te dije antes. Ese hombre tenía la edad suficiente como para ser mi abuelo. Me enamoré sin que aún hoy día sepa por qué, ni cómo. El amor no se puede describir. Dicen que es un cosquilleo, una sensación, una quemazón... Todo eso son chorradas, es una involución. El amor nos entorpece, no nos deja razonar, nos confunde. Por amor se hacen locuras, por amor se vuelve uno loco. Ese hombre tenía una casa en Sant Vicenç de Montalt, un pueblo cerca de Caldes d'Estrac. —Andrés asintió con la cabeza en señal de que conocía el pueblo—. Allí, en esa casa, es donde establecimos nuestro nido de amor hasta que...

Por primera vez en toda la noche Andrés creyó que Diana iba a llorar. Sus ojos se acristalaron.

—... hasta que me dijo que estaba casado.

Andrés ya había adivinado que ese sería el fin de la historia.

—Sí, los celos se habían apoderado de mí y no soportaba pensar que hubiera otras chicas como yo, que no fuese la única. Pero no solo había más, sino que él estaba casado. Tenía mujer, una hija mayor que yo —sonrió Diana—, y para él yo solo era un juguete. Un entretenimiento. Me imaginé a mí misma quedándome embarazada y siguiendo la estela de mi madre. Por unos días me vi como ella. Había sido tan tonta que había caído en el mismo error. Entonces tendría que decirle a mi hija que su padre había muerto.

La puerta de la Sala del 091 se abrió. Lisandro e Iván habían terminado el servicio de noche.

—¿Qué tal, tortolitos? —dijo Lisandro, dejando una mochila azul sobre el sofá de la Sala—. Nosotros patrullando como cosacos por Huesca y vosotros aquí resguardados y calentitos.

Iván venía tras él sonriendo. Andrés pensó en la de barbaridades que habrían dicho durante la noche acerca de él y Diana.

—Espero que llegue el relevo pronto —dijo Lisandro mirando el reloj de la Sala.

Eran las seis y diez minutos de la mañana y la noche se había pasado más rápido de lo habitual, pensó Andrés. La conversación con Diana fue gratificante.

—Nos vamos a sentar un rato ahí atrás —dijo Lisandro—, hasta las siete.

Andrés lo miró risueño.

—Y no me despiertes —le dijo señalándolo con el dedo—, que tengo muy mal despertar —sonrió.

Cuando Lisandro e Iván se perdieron en la sala anexa, Andrés le preguntó a Diana, que acababa de encender otro cigarrillo:

—¿Te quedaste embarazada?

—Por suerte no —dijo—. Eso hubiera sido un desastre. Eso —dijo muy seria— me hubiera convertido en mi madre.

27

La noche había transcurrido y los peones seguían avanzando hacia su destino. Andrés sabía que hoy no podría dormir. Que cuando terminara el servicio iría al tanatorio, luego al juzgado y después iniciaría un atestado policial con la muerte de Miguel Ángel. Haría entrega de las pertenencias al juzgado, mandaría una copia de las diligencias al fiscal, y al día siguiente, como dijo Saramago: «no murió nadie». Miguel Ángel sería incinerado y su cuerpo esparcido por algún lugar donde se esparce todo lo que nunca existió. A Andrés le quedaba el trabajo de localizar a la chica de la fotografía, o a la hermana de Miguel Ángel, en el caso de que viviera; aunque las últimas noticias que tuvo de ella es que estaba en Italia. Les diría que Miguel Ángel murió en Huesca, en un hospital, y que lo hizo solo.

Y el veterano policía se dijo que una pregunta le atormentaría toda la vida:

«¿Qué vino buscando Miguel Ángel?»

Le costaba creer que su amigo de la infancia, al que había perdido la pista en las Navidades de 1994, hacía ya dieciséis años de eso, hubiera viajado hasta Huesca solamente para reencontrarse con él. Instintivamente sacó la fotografía de la chica de la playa y la puso en la mesa, al lado del ordenador. Diana se había quedado dormida en el sofá. A Andrés le chocó que, pese a estar completamente amodorrada, su rostro dibujara una sonrisa.

El veterano policía desistió de seguir peinando la costa del Maresme en busca del lugar exacto donde esa chica se hizo la fotografía. Saber dónde fue no le ayudaría en nada. La fotografía era muy antigua y posiblemente esa chica tendría ahora veinte años más. Es posible que ni siquiera viviera. La gente como Miguel Ángel y los de su entorno vivían pocos años. Si no terminaba con ellos la droga, lo haría algún camello con el que disputaba la zona de venta, algún rival o la Policía...

«Jodido sueño», dijo Andrés en voz baja.

Otra vez le habían vuelto los pensamientos de la desaparición del Nani.

«Diana tiene razón, podría confesarlo todo y no me pasaría nada.»

Andrés sabía que el delito de encubridor había prescrito. «Ahora no es el mejor momento de pensar, ahora no.»

Era muy tarde y la mente acuciaba la falta de sueño. Ya faltaba poco para que llegara el relevo y él podría ir al tanatorio. Aún no había decidido si quería ver el cuerpo de Miguel Ángel o no. Nunca le gustó ver a los difuntos desprovistos de vida, era mejor recordarlos cuando eran alguien y no meras figuras de cera metidas en una caja barnizada. Se quedaría con la imagen de Miguel Ángel en aquel tren entre Barcelona y Mataró, las Navidades de 1994, cuando venían de ver el cadáver de Luisito. Se preguntó si Miguel Ángel habría visto el cuerpo de su amigo, si fue capaz de mirar el rostro inerte de Luisito. Y se acordó de Fany, la novia de Luisito. Miguel Ángel le dijo en ese tren que Luisito se había suicidado porque no había soportado la muerte de Fany, ni el acoso de la Policía y de los jueces. A Luisito lo arrinconó la sociedad y decidió quitarse de en medio. Murió por lo que mueren todos, por miedo y por amor. Miedo a la Policía y a la justicia, amor a Fany.

«Qué sencillo es todo una vez que se reduce a la mínima expresión —se dijo—. Creemos que el mundo es muy complicado y resulta que los complicados somos nosotros. El mundo es muy sencillo. Miedo, amor, odio, ira... Nos movemos por sentimientos, como aquellas primeras células que si tenían hambre comían y si tenían frío buscaban el calor. No somos tan diferentes, tenemos más células, pero la unidad básica es una de esas células primitivas, llena de miedos y odios. Nos movemos por impulsos.»

—Ya no queda nada —masculló Lisandro accediendo a la Sala del 091.

Los ojos de Lisandro demostraban que había estado durmiendo durante la última media hora. Diana se desperezó en el butacón y rebuscó con torpeza el paquete de tabaco en el bolsillo de su chaqueta, que había sobre la mesa de la Sala del 091.

—Voy a mear —dijo la chica, queriendo ser graciosa. Esa expresión no encajaba en una atractiva policía de veintiún años.

—Ya está la basta —sonrió Lisandro.

Iván se sentó en una silla de la Sala y comenzó a rellenar el parte de servicio. El relevo estaba a punto de llegar y tenía que dejar los partes rellenos y firmados.

—¿Y esa? —le preguntó Lisandro a Andrés, cuando vio la foto de la misteriosa chica de la playa.

Andrés había dejado la fotografía al lado del ordenador y no se había acordado de guardársela de nuevo en el bolsillo de la camisa.

—Nadie —dijo Andrés—. No es nadie.

—No me jodas —chilló Lisandro—. Esa es Diana. ¿No has visto su sonrisa?

Era cierto, en la fotografía la chica de la playa estaba sonriendo. Andrés reparó, después de decírselo Lisandro, que la sonrisa se parecía a la de la policía de prácticas.

—Y si no es Diana es su madre —insistió Lisandro—. Así que ya estás conociendo a la familia de la chica —sonrió con malicia.

El corazón del veterano policía se encogió de repente y sintió como si le faltara el aire. Su ofuscación no le había dejado ver el bosque y solo se había centrado en el árbol. La sonrisa, esa era la clave. La sonrisa de la chica de la playa era idéntica a la de Diana. Ese era el enigma que tanto le atraía de la fotografía. Andrés comprendía ahora por qué se había obsesionado con la chica de la playa: era el parecido con Diana. Esa chica le recordaba a su compañera de turno. Como si de una *Mona Lisa* se tratara, la sonrisa de la chica de la playa conformaba el centro de la fotografía.

«No puede haber dos sonrisas iguales en todo el mundo, no dos como esas.»

El veterano policía se había despistado con las farolas y los árboles de la playa, hasta se había fijado en el viejo que estaba de espaldas sobre la arena, pero no reparó en la sonrisa de la chica.

La mente de Andrés se reactivó de repente, como si hubiera recibido una descarga eléctrica que le agudizara los sentidos. Ya tenía el hilo de donde tirar y el ovillo venía detrás. La chica de la foto era la madre de Diana Dávila, la policía en prácticas. Por eso vino Miguel Ángel hasta Huesca, eso es lo que buscaba. Buscaba a su hija, a la que no conocía, a la que no conoció nunca. Diana era hija de Miguel Ángel y Miguel Ángel sabía que Andrés estaba destinado en la comisaría de Huesca. Los datos se apelotonaron en la cabeza del veterano policía, conformando un amasijo de piezas de un rompecabezas que buscaba encajar todos sus fragmentos. A través de ideas sencillas surgen ideas más complejas. Miguel Ángel quería despedirse de su hija, quería verla. Una mirada era suficiente para disculpar toda una vida. La madre de Diana ocultó la identidad de su padre porque se avergonzaba de él. Se avergonzaba de un yonqui sin futuro. Por eso Miguel Ángel llegó al hospital preguntando por él, porque sabía que su amigo de la infancia le diría si en la comisaría de Huesca había una chica haciendo las prácticas de policía y si esa chica se llamaba Diana.

«¿Y por qué no preguntó por ella directamente?», se dijo Andrés tratando de dotar de coherencia sus pensamientos.

Andrés Hernández pensó en lo descabellado de su planteamiento, no tenía ningún sentido. No podía haber en todo el universo una coincidencia tan grande. No en el universo que él conocía. Era de locos solo pensar en ello.

«Antes quería hablar conmigo —argumentó buscando una línea lógica—. Él no quiso presentarse directamente a su hija.»

Para Andrés era razonable que Miguel Ángel, después de tantos años, no se presentara a su hija directamente. Pensó que su amigo pensaría que ella no le creería. No podía saber cómo iba a reaccionar Diana si después de veintiún años se presentaba alguien diciéndole que era su padre. Por eso preguntó por él. Antes quería hablar con su amigo de la infancia. Andrés reprodujo en su mente el encuentro.

«Andrés, viejo amigo. Tengo una hija que es policía,

como tú. Está aquí, en Huesca. Dile que soy su padre. Pregúntale si quiere verme. A ti te hará caso, Andrés. A ti siempre te han hecho caso. Tú eres una buena persona, Andrés. Por favor, dile que la quiero...»

Los ojos de Andrés se acristalaron.

Diana regresó del lavabo y accedió a la Sala del 091 por la puerta trasera. Sentado en la silla estaba Andrés mirando fijamente la foto. La chica pasó por al lado y clavó sus ojos en esa fotografía. Andrés la miró a ella. La sonrisa se había borrado y parecía como si la misma sonrisa de la foto se hubiera borrado también al mismo tiempo. Las dos, la chica de la playa y la policía en prácticas, se habían quedado sin sonrisa.

—¿Qué hace esa foto ahí? ¿De dónde la has sacado?

En la Sala del 091 solo se podía escuchar el sonido de los ventiladores de los dos ordenadores. Lisandro e Iván se habían sentado en la mesa del despacho anexo, donde minutos antes estuvieron hablando Andrés y Diana. Los otros policías eran ajenos a lo que allí ocurría.

—¿La conoces?

Una lágrima resbaló por la cara de Diana y la chica la atrapó entre sus labios. Y a esa lágrima le siguió otra, y otra. En un instante su cara se había cruzado de regueros de lágrimas que la empaparon por completo

—Es mi madre —dijo la chica sollozando—. Es Alexia Lomero.

Andrés se preguntó de dónde había sacado el apellido Diana.

—Yo me llamo Dávila por mi abuela, mi madre se llama Alexia Lomero Dávila —dijo Diana, como si hubiera comprendido una pregunta que Andrés no hizo, pero que había pensado.

La mente del veterano policía comenzó a atar cabos.

«Por eso había un teléfono en la agenda del móvil de Miguel Ángel con el nombre de Xia. Xia era el diminutivo de Alexia. Pero ese número sería tan antiguo que no llamaría a nadie. La gente se cambia el teléfono cada pocos años. Xia era Alexia, la madre de Diana, y Diana era la hija de Miguel Ángel.»

—Mi padre murió —dijo Diana, mientras su rostro se desfiguraba y contenía una mueca.

La cara de Diana había enrojecido y sus ojos eran una balsa de agua a punto de estallar.

—Tu padre era Miguel Ángel —dijo Andrés—. Por eso vino a Huesca. Vino a buscarte para despedirse.

—No —gritó ella—. Mi padre murió en el extranjero y nunca hallaron su cuerpo. Mi padre no es nadie, era un añoso que se tiró a mi madre y luego se desvaneció como se desvanece el polvo cuando llega la lluvia. Mi padre murió hace años —gritó.

Lisandro e Iván se habían girado al oír cómo Diana gritaba, pero no dijeron nada. No sabían qué estaba pasando entre la chica y Andrés.

—Diana, él era tu padre. En su agenda lleva el número de Xia, Xia es Alexia, tu madre. La foto de su cartera es de ella cuando era más joven, seguramente en la época que la conoció.

—Es mentira —gritó—. Yo no tengo padre. Mi padre murió, mi padre murió... —repitió.

Andrés buscaba dentro de su cabeza la mejor solución al enigma. Estaba tan cerca... Era todo tan evidente... El veterano policía lo veía todo claro. Se sentía como si le acabaran de quitar una venda de los ojos y pudiera ver el cielo por primera vez en mucho tiempo. Se le ocurrió la mejor forma de saber si Miguel Ángel era el padre de Diana, y se lo dijo a la chica:

—Llama a tu madre —le sugirió Andrés—. Son casi las siete de la mañana, a esta hora ya se puede llamar a la gente. Llámala y pregúntale el nombre de tu padre...

—No, no. Tú no tienes ni puta idea, mi padre murió. Mi padre no era nadie, murió en el extranjero y allí está. No sabes nada, Andrés, tú no sabes nada de nada.

Lisandro e Iván abandonaron el despacho y salieron a la puerta de la comisaría. Fuese lo que fuese lo que allí ocurría no tenía que ver con ellos.

—Llama —insistió Andrés, descolgando el teléfono de la Sala del 091—. Llama, Diana, llama y yo diré en el juzgado lo que pasó aquella noche de 1983 en la Comisaría General de Policía Judicial de Madrid, cuando desapareció el Nani.

Diana gimoteaba sin poder contener el llanto. Toda su cara se había empapado en lágrimas. Sus ojos eran como el fondo de un pozo lleno de agua.

—Somos peones, Diana. Tenemos que tirar hacia delante. Si nos detenemos nos cazarán, nunca llegaremos a nuestro destino. Llama, Diana, llama, llama, llama...

Andrés sostenía el teléfono en la mano.

—¿Irás al juzgado a contar lo del Nani?

Andrés asintió con la cabeza.

—¿Harías eso por mí?

—No —dijo tajante—. Lo haré por mí mismo. Lo haré porque tengo que hacerlo. Lo haré porque necesito hacerlo.

—¿Lo necesitas?

—Sí, Diana, no se puede vivir con algo así corroyéndote por dentro. Esta es la noche de los peones, Diana. Esta es nuestra noche.

Diana cogió el teléfono. Lo colgó ya que había perdido el tono de llamada y volvió a descolgarlo.

Marcó un número.

—¿Me acercas el paquete? —le pidió a Andrés.

El veterano policía le aproximó el paquete de tabaco que había encima de su chaqueta. La chica se encendió un cigarrillo. Las lágrimas se habían secado.

28

Miguel Ángel Urquijo Cañas vivía en un piso de alquiler de la avenida Gatassa de Mataró. Residía allí desde que murió su madre. Su hermana se había marchado a vivir hacía unos años a Italia, con un chico con el que se casó. Miguel Ángel vivía solo hasta que en el año 1988 conoció a Alexia Lomero, hermana de Fany, la que fue novia de Luisito y que murió cuando tan solo tenía dieciséis años apuñalada por el último novio que tuvo. Ese mismo año, y al poco de conocerse, Alexia se quedó embarazada y en abril de 1989 tuvo una niña a la que llamó Diana. El embarazo fue en el mes de agosto y coincidió en la época en que Miguel Ángel y Alexia se habían conocido. Fue un amor de verano.

Ese año murió la madre de Alexia, calamidad que a la chica le costó asimilar. Y unos años antes habían muerto sus hermanas, Cristina y Teresa por sobredosis y Fany asesinada. La chica no tenía a nadie y Miguel Ángel era el único apoyo con el que contaba. Quizás, esa soledad, fue la que influyó en el rápido enamoramiento de Alexia. Pero Miguel Ángel no era un buen futuro. Seguía tonteando con las drogas y el único sustento económico consistía en pequeños hurtos que iba practicando y algún robo de mayor envergadura. La mayor parte del tiempo lo pasaba en los cuartelillos de la Guardia Civil y en los calabozos de la comisaría de la Policía nacional, y de vez en cuando ingresaba unas semanas, y a veces meses, en la prisión Modelo de Barcelona.

Desde que nació Diana que Miguel Ángel vio a la niña como un estorbo.

—No podemos tener una hija —le dijo a Alexia cuando ella estaba en el hospital de Mataró.

Alexia se echó a llorar desconsolada, mientras miraba a la pequeña Diana que yacía durmiendo en una cuna a los pies de la cama.

—Haberlo pensado antes —le recriminó a Miguel Ángel.

Los días posteriores al nacimiento de Diana, la pareja regresó al insalubre piso de la avenida Gatassa. Un piso lleno de cucarachas y con manchones verdes por la pared a causa de la humedad. Sin ascensor y con unos vecinos de la calaña de Miguel Ángel.

Alexia se pasaba los días llorando y maldecía el momento en que conoció a Miguel Ángel; aunque no cuando nació Diana, a la que quería con locura. Diana era lo mejor que le había pasado en sus diecinueve años de edad. Recordó como diez meses antes, cuando ya estaba embarazada, aunque sin saberlo, los dos, ella y Miguel Ángel se habían ido a pasar un día de playa a Canet de Mar, lugar donde había vivido de pequeña y donde vivieron sus padres antes de morir. Allí, en la playa que había al lado del cuartel de la Guardia Civil, se hizo una foto con una cámara Polaroid que trajo Miguel Ángel colgada en el cuello.

—¿De dónde has sacado esa cámara? —le preguntó.

—Me la ha prestado un amigo —dijo Miguel Ángel, balanceando un cigarrillo entre sus resecos labios.

Ella sabía que Miguel Ángel no tenía amigos y mucho menos en Canet de Mar. Lo primero que pasó por su mente es que había aprovechado un momento en que ella se metió en el agua para robar esa cámara Polaroid a algún extranjero de un camping próximo, pero desechó esa idea enseguida al darse cuenta de que justo al lado de donde estaban ellos había el cuartel de la Guardia Civil. Miguel Ángel no sería tan idiota de robar la cámara de fotos al lado de la Benemérita, pensó. Minutos más tarde, cuando una pareja de la Guardia Civil lo detuvo, ella se dio cuenta de que sí era tan idiota.

El poco dinero que tenían lo gastaron en sacar del cuartelillo a Miguel Ángel. Los extranjeros a los que robó la cámara, una pareja de daneses, lo señalaron cuando lo vieron en la playa haciendo la foto a Alexia. Miguel Ángel se había guardado la fotografía en un bolsillo de su camisa y entregó la cámara, pero la foto dijo que no.

—La fotografía no —le dijo a uno de los guardias civiles que participó en la detención.

El agente no le dio mayor importancia a la fotografía y dejó que Miguel Ángel se la quedara. «Pobre diablo», pensó.

Para el guardia civil aquel drogadicto había robado una cámara solo para hacer una fotografía.

En abril de 1989 nació Diana en el pequeño piso de la avenida Gatassa. Para entonces Miguel Ángel ya era un viejo conocido de la Policía nacional de Mataró; constantemente visitaba sus calabozos, por uno u otro motivo. La madre de Diana, Alexia, se consumía lentamente a causa de la mala vida que le daba Miguel Ángel, las visitas de la Policía nacional preguntando por él eran constantes.

En enero de 1990 Miguel Ángel ingresó en prisión de nuevo, esta vez debía pagar una condena de seis meses, que por la carencia de recursos económicos, y al no poder hacer frente a la fianza, tuvo que cumplir íntegra. Alexia aprovechó para irse a vivir a Canet de Mar. Las dos: madre e hija huyeron de Mataró.

Cuando Miguel Ángel salió de prisión, enfureció. No comprendía cómo Alexia le podía haber hecho eso. Lo primero que hizo fue ir en su busca y se presentó en el piso de Canet con ira contenida. «¿Por qué me haces esto?», le preguntó a Alexia. «Es lo mejor para la niña», le dijo. Ella le explicó que no podían vivir así, entre condenas de prisión y robando constantemente. Le pidió a Miguel Ángel que las dejara un tiempo. Que dentro de unos años la niña se haría mayor y quizá las cosas cambiaran, y que cuando él fuese distinto podrían volver a estar juntos. Miguel Ángel se marchó y nunca más volvió a saber nada de Alexia, ni de la hija de ambos.

La vida de Miguel Ángel siguió igual, entre los robos, las drogas y la cárcel. Poco a poco se fue olvidando de Alexia y de su hija y en unos años ni siquiera se acordaba de que en una ocasión tuvo una familia. Ya no estaba interesado en ver a su hija, porque no quería que su hija lo viera así. Se había convertido en un cadáver viviente.

En las Navidades de 1994 salió de un permiso especial de la prisión modelo y se encontró con un amigo de la infancia al que hacía mucho tiempo que no veía. Andrés Hernández le contó que estaba pendiente de un traslado a la comisaría de Huesca. Ambos hablaron en el tren que circulaba desde Barcelona a Mataró y Miguel Ángel venía acompañado de la madre de Luisito, el cual se había suicidado en un piso de Barcelona. En esa conversación se acordó de Alexia y de su hija Diana, y le dijo a su amigo que las cosas le iban bien y que había rehecho su vida, le mintió.

Muchos años después, a finales de 2009, la muerte ya se había acoplado a él como una lapa y Miguel Ángel sabía que moriría de un momento a otro. Los médicos de la prisión le dijeron que le quedaba poco de vida y lo mandaron para casa. Ya no tenía el piso de la avenida Gatassa, que le había embargado el banco, y ya no vivía su madre, que había muerto hacía muchos años. De su hermana, Isabel, solamente sabía que estaba en Italia, pero no sabía ni siquiera en qué ciudad, hacía veinte años que no tenía noticias de ella. Al moribundo Miguel Ángel solamente le quedaba el recuerdo de Alexia y de su hija Diana, así que fue hasta Canet de Mar y visitó el piso donde la había visto la última vez. Allí no había nadie, pero las mujeres seguían viviendo en Canet, habían cambiado de vivienda varias veces, siempre pisos de alquiler. En el bar Ancla, a la entrada del pueblo, preguntó por ellas. «Una mujer muy delgada y guapa con una niña de veinte años que se llama Diana», dijo. Un cliente del bar, al que le faltaba un brazo, le dijo que las conocía, que esa mujer limpiaba por las casas de Canet, y le dio la dirección donde la podía encontrar. Pero Alexia no estaba ese día en casa, así que Miguel Ángel regresó al bar y preguntó de nuevo. El manco le dijo que no sabía el paradero de la mujer por la que preguntaba, que estaría trabajando, pero sí que le dijo que su hija, Diana, había ingresado en la Policía nacional hacía unos meses y que estaba destinada en Huesca, donde hacía las prácticas como agente.

—¿Está usted seguro? —insistió Miguel Ángel.

—Ya lo creo —dijo el manco—. Canet es muy pequeño y nos conocemos todos.

Cuando Miguel Ángel se marchó, el manco pensó que

quizá no debería haberle dicho eso, aquel hombre tenía aspecto de delincuente, pero luego se dijo que en el caso de que buscara algún mal a Alexia, saber que su hija era policía nacional lo apaciguaría.

En la frágil mente de Miguel Ángel se juntó el recuerdo de Andrés Hernández cuando le dijo que iba destinado a Huesca y saber que su hija estaba en Huesca. Era una de esas casualidades de la vida en las que nunca creemos. Así que pensó ir hasta Huesca y allí preguntar por su amigo de la infancia, él le diría dónde podía encontrar a Diana. Miguel Ángel solamente quería despedirse y decirle algo que llevaba en mente toda la vida: pedir perdón por abandonarla y decirle que si no había ido a verla antes, era porque no quería que ella lo viera así.

Miguel Ángel robó una cartera a una mujer mayor que esperaba en la cola del mercado de Mataró y con ese dinero compró un billete de tren hasta Huesca. El lunes dieciocho de octubre, a tres días de su cumpleaños, llegó hasta la ciudad de Huesca con intención de hallar a su amigo de la infancia. Pero la enfermedad que le consumía las entrañas avanzaba más rápido que el tiempo que le quedaba para hallar a su hija y el miércoles fue ingresado en el hospital. Se dio cuenta de que nadie hace caso a los pobres, enfermos o drogadictos, y a pesar de preguntar por Andrés Hernández en varias ocasiones, nadie le hizo caso. Nadie.

29

—Mamá —dijo Diana con voz templada—. Soy yo.

Se hicieron unos segundos de silencio absoluto. Andrés comenzó a caminar desde la puerta de entrada de la Sala del 091 hasta la mesa del fax. Sus ojos se posaron en el paquete de tabaco de Diana. De buena gana hubiera cogido un cigarrillo.

—Sí, estoy trabajando —siguió hablando Diana, mientras daba una enorme calada al cigarro que sostenía en los dedos—. No, qué va, estoy terminando. Hoy he trabajado de noche y ya acabo el servicio. No te preocupes, estoy bien. No, no, mamá, no te apures, no pasa nada malo, solo que tengo que hacerte una pregunta. No te puedo contar por qué, solo te pido que me respondas. Han ocurrido muchas cosas esta noche, mamá, demasiadas cosas como para que aún pueda estar en condiciones de procesarlas. No, mamá, no estoy loca, un poco cansada, pero te tengo que hacer una pregunta.

Diana dio una calada enorme al cigarro, como si quisiera tragarse todo el orgullo que llevaba dentro de una sola vez. Andrés la miró con tristeza contenida.

—Bueno, mamá, si no me quieres responder, no me

respondas, pero... ¿mi padre se llamaba Miguel Ángel Urquijo?

Andrés se sentó en el sofá de la Sala mientras que Diana apagó el cigarro y encendió otro enseguida.

—No llores, mamá, no llores, que llorar no nos ayudará. ¿Es ese su nombre, verdad? ¿Miguel Ángel es mi padre? Nunca me lo dijiste y tus motivos tendrías, mamá. Siempre lo ocultaste cuando él había estado tan cerca, a solo diez kilómetros, en Mataró, mamá. ¿Sabías que vivía en Mataró? Claro que lo sabías. No sé por qué siempre me tuviste engañada. Nos engañaste a los dos, a él y a mí. Seguro que él sabía que tenía una hija, claro, cómo no iba a saberlo. No te excuses, mamá, si él no hizo nada por conocerme, tú no hiciste nada para que me conociera. Ninguno de los dos hicisteis nada. ¿Para protegerme? No es verdad, mamá, eso tenía sentido cuando yo tenía diez años o era más pequeña, pero no cuando cumplí los dieciocho, entonces tuve la edad suficiente para que no necesitara protección. Yo podía haber decidido si quería conocerlo o no. No está en Huesca, no. Bueno, sí que está, pero como si no estuviera. Está muerto, mamá. ¿Ahora lloras su pérdida, ahora que es tarde? Vino a Huesca a decirme algo, o a conocerme, o vete a saber qué. Ha muerto, sí, mamá, ha muerto solo en el más abominable de los abandonos. Solo en una deshumanizada habitación de hospital. Llevaba consigo el teléfono móvil con tu número. ¿Sabías que te llamaba Xia? Claro que lo sabías, por tu manera de llorar sé que lo sabías de sobra. Hay una foto...

Diana se apartó del teléfono y miró con ojos suplicantes a Andrés.

—No puedo continuar con esto. No puedo, de verdad, Andrés, es más fuerte que yo. No puedo seguir, compañero.

Andrés la animó con las manos a que siguiera hablando. La chica no paraba de darse golpes con el dedo en los dientes mientras sostenía el cigarro.

—Es tu oportunidad, Diana, es tu oportunidad de avanzar y enfrentarte a tus miedos, a tus demonios internos. No hagas sufrir a tu madre... —Se detuvo un instante—. Dile que repatriaremos el cadáver hasta Mataró para que puedan enterrarlo.

Diana sonrió.

—Al final será verdad que repatriaron el cadáver de mi padre —dijo entre sonrisas y llantos, mientras tapaba el auricular del teléfono para que su madre no pudiera oírla.

»—Sí, mamá. Desde aquí lo arreglaremos todo. Tengo un compañero muy majo que nos va a ayudar. Realizaremos los trámites para que lleven el cuerpo a Mataró. Allí lo enterraremos, mamá. No, mamá, es un policía mayor —dijo refiriéndose a Andrés—. No te preocupes, no me hará daño, es buena persona.

Diana tapó el auricular y sonrió:

—Dice que no me fíe de ti —dijo—. Se cree que eres como los demás añosos.

Andrés se sintió halagado. A los ojos de esa chica él era distinto.

—Sí, mamá. Ya te iré llamando y te contaré todo. ¿El cadáver? No, no lo veré. No te preocupes por eso. ¿La foto? Sí, es cierto, hay una fotografía tuya. Se te ve tan joven... Eras feliz, mamá. Estás en la playa, sentada y sonriendo. Estás muy guapa.

Diana volvió a tapar el auricular del teléfono.

—Dice que se acuerda de esa foto —le dijo a Andrés.

»Pues la llevaba en la cartera, mamá. La guardaba como oro en paño. La fotografía está intacta, como si no hubieran pasado los años. Ojalá esa foto hubiera envejecido, como el retrato de Dorian Gray, y tú hubieras seguido joven para siempre. Bueno, mamá, te dejo. Ya te iré llamando, te mantendré al corriente de todo. Besos, muchos besos.

Cuando hubo colgado el teléfono, Andrés se levantó del sofá y la abrazó.

—Has estado magnífica —le dijo.

—¿Y qué pasará ahora?

Diana parecía un cervatillo asustado.

—No pasará nada. Cuando llegue el relevo iremos al tanatorio y luego al juzgado, y luego regresaremos aquí a redactar un atestado con todo lo ocurrido. Llamaré a una agencia que conozco que se encargará de todo el papeleo. Intentaremos que el cuerpo de tu padre sea trasladado mañana, lo más tardar, a Mataró. Allí podrá ser enterrado.

—¿Y tú?

—Yo... ¿qué? —preguntó Andrés.

—¿Contarás lo del Nani?

Andrés sonrió y agarró con suavidad la barbilla de Diana.

—Sí, iré al juez para que me tome declaración y contaré todo lo que pasó.

—No lo hagas —suplicó Diana—. Han pasado veintisiete años de aquello. No vas a solucionar nada. ¿Entiendes? Nada.

Andrés no respondió. Por la puerta de la Sala del 091 entraba el relevo de la mañana.

—¿Qué tal la noche? —preguntó Ignacio, un subinspector joven que hacía pocos meses que había llegado a Huesca.

—Tranquila —respondió Andrés—, como todas las noches de invierno.

—Me cambio y te espero en la puerta —le dijo Diana a Andrés, mientras salía de la Sala del 091.

El subinspector sonrió.

Andrés iba a decirle que no es lo que parecía, pero omitió cualquier comentario que empeorara las cosas.

En veinte minutos Andrés y Diana se encontraban en la puerta de la comisaría. Lisandro los miraba desde seguridad a través de las cámaras, donde se entretuvo hablando con el relevo de la mañana.

—Pelea de enamorados —dijo sonriendo.

Los demás policías sonrieron también.

Durante la mañana estuvieron Andrés y Diana en el tanatorio, luego regresaron a comisaría y Andrés inició un atestado por muerte natural de Miguel Ángel Urquijo Cañas. Diana no se separó de él en ningún momento. Únicamente lo hacía para traer algún café de la máquina. Cada hora, más o menos, la chica llamaba a su madre y le avanzaba lo que iban haciendo.

Al mediodía ya habían hablado con un seguro de decesos de la avenida Pirineos y les dijeron que ellos se encargarían de todo. El cadáver de Miguel Ángel sería incinerado en Huesca y las cenizas las transportaría Diana hasta Mataró para entregárselas a su madre. El seguro les dijo que era la forma más cómoda, ya que los trámites para trasladar un cadáver hasta Mataró y enterrarlo allí eran costosos y complicados.

—Lo pagaré yo —dijo Diana—. Tengo dinero ahorrado.

Por su mente pasó un rayo de recuerdo de cuando se duchaba desnuda para hombres que pagaban por ello. Pero ese secreto nunca se lo contaría a Andrés. Hay secretos inconfesables.

—Deja que pague yo la mitad —se ofreció Andrés—. Era tu padre, pero también era mi amigo.

Diana asintió.

El viernes Andrés accedió al despacho del juez de instrucción número cinco de Huesca. Esa mañana, los pasillos de los juzgados estaban vacíos. Diana se quedó en la calle, fumando un cigarro tras otro.

—Señoría —dijo Andrés—. Quiero contarle algo que pasó en Madrid hace veintisiete años. Es una declaración.

El juez hizo entrar a la secretaria y entre ambos oyeron en declaración a Andrés Hernández Mancilla. El veterano policía le contó todo lo que pasó la noche que desapareció Santiago Corella, apodado *el Nani*, en dependencias de la Policía judicial de Madrid.

OTROS TÍTULOS
DE ESTA COLECCIÓN

EL ORO DE LOS JÍBAROS

JUAN BOLEA

Dos personas han desaparecido sin dejar rastro, salvo su cabeza reducida. La inspectora Martina de Santo se va a ver envuelta en la investigación de estas desapariciones, a raíz de la carta que recibe de un amigo de la infancia, en la que le revela que se siente amenazado...

A partir de ahí, Martina deberá emprender una investigación que la llevará a descubrir todo sobre las extrañas prácticas de reducción de cabezas de los jíbaros, y sobre personajes legendarios como Juan Gastón, el buscador de oro que acabó convirtiéndose en rey de esa etnia. Investigación que acabará transformándose en una aventura en pleno corazón del Caribe: el paraíso tropical del Ámbar Gris.

EL DOCTOR CADÁVER

LENE KAABERBØL

En 1894, en la ciudad francesa de Varburgo aparece el cadáver de una joven. Uno de los médicos de la localidad, el viudo Albert Karno, más conocido como el Doctor Cadáver, descubre la presencia de unos ácaros hasta entonces desconocidos en las fosas nasales y en la cavidad bucal de la difunta. Karno deberá establecer la causa de la muerte, pero la familia de la muchacha se niega a autorizar la autopsia.

El Doctor Cadáver es la historia de Albert Karno, un médico que intenta comprender la muerte en beneficio de los vivos. Del comisario de la ciudad, su amigo y colaborador, cuyo deber y vocación es registrar todos los fallecimientos que se producen en esta. Y sobre todo la de Madeleine Karno, la hija veinteañera y ayudante ambiciosa del Doctor Cadáver, cuya pasión por la medicina se rebela contra los cánones establecidos por la sociedad de la época.

Juntos seguirán la mortífera pista a través de un relato inquietante que los conducirá hasta un convento cercano y los miembros de la burguesía local.